AF336588

MUSÉE LITTÉRAIRE DU SIÈCLE, A 20 CENTIMES LA LIVRAISON

CHARLES DE BERNARD

UN ACTE DE VERTU

ET

LA PEINE DU TALION

Prix : 50 cent.

PARIS

MICHEL LÉVY FRÈRES, LIBRAIRES-ÉDITEURS

RUE VIVIENNE, 2 BIS

BUREAUX DU JOURNAL LE SIÈCLE, RUE DU CROISSANT, 16

1853

UN ACTE DE VERTU

PAR

CHARLES DE BERNARD.

I.

Madame,

Hier, lorsque je vous ai parlé de mes vertus, vous avez souri, et je suis resté court dès l'exorde de mon panégyrique ; car je le crains trop, ce méchant sourire, pour affronter son ironie silencieuse, sans pitié comme sans appel. Plus brave aujourd'hui, puisque je suis loin de vous, je veux vous convaincre en dépit de vous-même. Toutefois, Madame, que ce début ne vous effraie point ; je ne prétends pas infliger à votre moqueuse incrédulité le récit de toutes les belles actions qui décorent ma vie ; modestie à part, la pénitence serait trop dure. Une seule petite histoire, dans laquelle j'ai joué un rôle digne, selon moi, des plus beaux âges de l'antiquité, suffira, je l'espère, pour me réhabiliter dans votre estime et préserver désormais mon amour-propre de l'humiliation qu'hier vous lui avez fait subir. Sans autre préambule, voici mon histoire. Il y a un an, après avoir visité une partie des Pyrénées, je revenais de Saint-Gaudens à Toulouse, par une belle nuit du mois de septembre. Au point du jour, à mi-chemin environ, je quittai la diligence pour en prendre une autre qui devait me conduire à C..., où m'appelait le désir d'embrasser un de mes amis que je n'avais pas vu depuis plusieurs années, et dont je dois, avant tout, vous tracer le portrait, car il est un des principaux acteurs de mon drame, et la connaissance de son caractère est nécessaire à l'intelligence des événements que je veux vous raconter. C'est à l'école de droit de Paris que j'avais connu Dambergeac ; nous habitions le même hôtel, sur la place du Panthéon. Sans doute, madame, vous avez quelquefois rencontré des enfants voués à la Vierge, et, pour cette cause, vêtus de blanc de la tête aux pieds ; en naissant, mon condisciple avait été l'objet d'une consécration différente. Son père, industriel, acquéreur de biens nationaux, patriote par conséquent, avait voulu lui imprimer un stigmate républicain aussi indélébile qu'expressif. Au grand déplaisir du curé de la paroisse et de la marraine, bonne vieille fille aimant Dieu beaucoup et craignant le démon encore plus, Dambergeac avait été baptisé sous le nom païen d'Harmodius. C'était là une espèce de cocarde tricolore morale qui devait rayonner au front de l'enfant à travers toutes les vicissitudes des révolutions à venir. Telle fut l'influence sous laquelle se développa mon ami. Dès l'enfance, il puisa dans l'exemple de son père et dans la chaude atmosphère de Marseille, sa ville natale, une indépendance de caractère et une exaltation de principes qui avaient atteint leur apogée à l'époque où je me liai avec lui. C'était alors un beau jeune homme de dix-neuf ans,

grand et svelte, à la poitrine large, à l'œil noir profondément enchâssé. Il connaissait ses avantages, et en tirait parti d'une manière que Staub eût peut-être critiquée ; mais on sait qu'il est une fashion adoptée par les étudiants, qui leur donne une physionomie à part. Un habit noir et juste, boutonné jusqu'au menton, faisait ressortir le buste athlétique d'Harmodius ; un chapeau à forme basse, mais très-large des ailes, projetait de fortes ombres sur son visage bruni par le soleil du Midi ; ses cheveux, qui eussent fait la gloire d'un Nazaréen, descendaient sur ses épaules en boucles noires et brillantes, d'après le système de coiffure de Benjamin Constant. Ici la politique se trouvait d'accord avec la coquetterie ; mais Harmodius prouva que, dans les circonstances décisives, la patrie passait avant tout dans son cœur ; le jour même où un député du centre dénonça la perruque de Sylla, il fit à l'opposition le sacrifice de ses cheveux flottants, et parvint, à force de coups de brosse, à faire prendre à ce qui lui en restait, le type dictatorial proscrit, qui, dans ses idées, était devenu l'indice du plus pur libéralisme. Un de ces énormes rotins, nommés *germanicus*, qui donnent un faux air d'Hercule à ceux qui s'en servent, complétait habituellement son costume ; c'était là son digeste. Ainsi le cardinal de Retz portait dans sa poche un stylet en guise de bréviaire. Quoique d'opinions différentes, une certaine sympathie de caractère et de conduite nous rendit promptement amis. L'école de droit, c'est encore le collège ; une camaraderie franche et loyale unit facilement les jeunes gens destinés à suivre les mêmes études. Ne voyant tous deux dans ce complément de notre éducation que trois années à passer à Paris, nous étions fort décidés à effeuiller gaiement cette belle fleur de notre jeunesse, et à ne nous laisser asphyxier que le moins possible par le gaz narcotico-méphitique qu'exhalent le Code de procédure et les pandectes. Je ne crois pas que pendant ces trois années il soit arrivé une seule fois à Dambergeac d'assister, du commencement à la fin, à l'un de nos cours. Suivant l'exemple immémorial de l'immense majorité des étudiants, il venait exactement répondre à l'appel des professeurs, pour conserver ses inscriptions ; et sa conscience se trouvait en paix. Quant aux examens, il se fiait à sa facilité de travail, qui était remarquable : une semaine d'études et de veilles suffisait pour le mettre en état de soutenir la présence formidable des interrogateurs en robe rouge. D'ailleurs, il n'avait aucune prétention aux boules blanches ; comme je ne sais quel dévot un peu trop attaché aux pompes de Satan, il faisait ce qui était strictement nécessaire pour entrer au ciel de la licence ; rien de plus.

C'était avec une égale horreur qu'il fuyait ces horribles cabinets de lecture, capharnaüms scientifiques où pâlissaient quotidiennement ceux de nos confrères que nous appelions les estimables! En revanche, de la place du Panthéon au pont Neuf, et du carrefour de Bussy au Luxembourg, il n'était pas un magasin de modes ou de lingerie dont il ne fût l'oracle. Bachelier beaucoup plus expert en gaie science qu'en droit civil, il y prenait ses grades avec une grande ferveur, soutenant du matin au soir, de tout le feu de sa faconde méridionale, d'interminables thèses qui eussent fait les délices d'une cour d'amour. Ses succès en ce genre n'étaient pas toujours bornés par la rive gauche de la Seine : à différentes reprises il nous vint un bruit vague de fabuleuses aventures accomplies par lui dans les parages lointains de la rue de la Paix et du boulevard Poissonnière. Ces récits merveilleux étaient pour nous, moins favorisés du destin, les exploits de Bacchus dans les Indes; ils excitaient notre admiration et non notre jalousie, car la supériorité d'Harmodius était trop bien établie pour qu'il prît fantaisie à personne d'entrer en rivalité avec lui. Nul ne caracolait en passe-cou avec plus d'assurance dans l'avenue des Champs-Élysées, nul ne faisait un pareil massacre de poupées chez Lepage; nul n'enlevait avec plus de grâce une partie de billard, nul n'entonnait d'une voix de basse plus foudroyante un couplet de Béranger. Il était le roi du Prado en hiver, et, en été, de la Chaumière du Mont-Parnasse ; aucun habitué n'y déployait un laisser-aller aussi séduisant que le sien dans cette espèce de danse qui offense la pudeur des gendarmes, et que les salons de bonne compagnie n'ont pas encore jugé convenable d'adopter. Harmodius, enfin, était la fleur des mauvais sujets de l'école; un type digne de Gœttingue ou d'Iéna, mais embelli des grâces françaises.

Une seule chose balançait dans son esprit l'amour de la dissipation et de la galanterie : la politique, cette froide chape de plomb que toute intelligence est condamnée à porter, était chez lui une passion aussi turbulente qu'enthousiaste. La patrie était son idole, son ciel, son cauchemar; il en rabâchait le jour, la nuit il en rêvait : mais persuadé, ainsi que Joad, que la foi qui n'agit point ne saurait être une foi sincère, il ne se contentait pas d'un culte solitaire et caché. Je vous ai parlé de sa coiffure à la Sylla, je passe sous silence sa pipe d'écume de mer, fermée par le buste du général Foy, ses foulards lithographiés à la Charte, ses bretelles plus séditieuses encore, sur lesquelles le vieux drapeau étalait ses couleurs proscrites. Cette conspiration quotidienne de costume ne suffisait pas au patriotisme d'Harmodius ; il n'était, à la vérité, ni de la conférence Molé, ni de la conférence d'Aguesseau, mais en revanche il faisait partie d'une demi-douzaine d'associations et de ventes libérales. S'agissait-il de haranguer un pair ou un député qui avait bien mérité de la patrie, au dire du *Constitutionnel* (en ce temps-là les jeunes gens lisaient le *Constitutionnel*), Harmodius était l'orateur né de la députation ; fallait-il porter triomphalement au cimetière du Père-Lachaise un citoyen canonisé grand homme par le même *Constitutionnel*, l'épaule d'Harmodius était la première au brancard.

Tels étaient, madame, ses goûts et ses passions; ses antipathies n'étaient pas moins vives. Il détestait surtout trois choses, ou plutôt trois espèces de personnes : les jésuites, les gendarmes et les claqueurs.

A cette époque, des missionnaires essayaient de réchauffer le zèle des fidèles dans les différentes paroisses de Paris : — Infâmes jésuites! s'écriait Harmodius, qui, en sa qualité d'apôtre de la tolérance, ne tolérait rien ; à la tête d'une bande de philosophes de sa force, il suivait fort assidûment les exercices des révérends pères ; mais, au lieu d'un cœur contrit et pénitent, c'était l'abomination de la désolation qu'ils apportaient dans le sanctuaire : une mousqueterie de pois fulminans éclatant sous les pieds des assistans pieux ; des fioles d'assa-fœtida, mêlant leurs senteurs impures au parfum de l'encens ; des refrains cyniques entonnés en répons aux cantiques du chœur, signalaient ni leur présence hostile et rappelaient les grotesques saturnales de la fête de l'*Ane*.

Le second diable bleu d'Harmodius était le gendarme; le gendarme chanté par Odry et proscrit par la révolution de juillet, immortalisé par la poésie et le malheur !

Quant aux claqueurs, ils se taisaient devant lui, comme se taisait la terre devant Alexandre ; son cri de guerre : *la carte au chapeau!* était si bien connu au parterre de l'Odéon, que les entrepreneurs de succès dramatiques demandaient double paie pour *faire* ce théâtre, et le salaire n'était pas exagéré, car il était le plus souvent gagné sous les banquettes.

Tel fut Harmodius pendant tout le temps que nous demeurâmes ensemble. A travers les bouffées de ce volcan toujours grondant, bouillonnant, écumant, j'avais distingué des jets d'une flamme pure et brillante; je lui croyais de l'avenir, car ses défauts, selon moi, venaient d'un luxe de force que devait tempérer l'âge et utiliser l'expérience. La fin de notre cours de droit nous sépara. Je restai à Paris ; il retourna à Marseille, où son père venait de mourir, et où des intérêts de famille réclamaient sa présence. Nous nous quittâmes donc, tendrement mais sans tristesse, avec cette confiance du jeune âge qui dans le présent aspire toujours l'avenir.

— Nous nous reverrons bientôt, me dit Dambergeac ; je le sens, mon destin est fixé ici; Paris est la seule atmosphère où l'on puisse vivre. Si Sparte est impossible, vive Babylone!

Ce fut là son adieu.

Nous avions pris l'engagement de nous écrire ; nous n'en fîmes rien, comme il est d'usage entre amis. Nous étions trop jeunes tous deux pour avoir beaucoup de temps à donner aux correspondances masculines. Plusieurs années se passèrent ; la révolution de juillet arriva, et j'appris par le *Moniteur* la nomination de mon condisciple à une sous-préfecture dans les Pyrénées ; le crédit d'un oncle, député doctrinaire, lui avait valu cette place.

Deux ans après, Harmodius m'écrivit enfin lui-même pour m'apprendre son mariage avec une demoiselle de son arrondissement ; telle fut la désignation dont il se servit. A la première de ces nouvelles, j'avais plaint les administrés ; à la seconde, je plaignis la mariée, car, malgré ses bonnes qualités, mon ami ne me paraissait pas plus fait pour être un époux fidèle que pour remplir les devoirs d'un laborieux magistrat. La longueur de notre séparation et notre paresse épistolaire n'avaient pas diminué mon attachement pour Dambergeac ; ce fut donc avec empressement que je saisis l'occasion de le revoir. A chaque pas qui me rapprochait de C..., chef-lieu de sa sous-préfecture, je sentais renaître dans mon esprit les souvenirs de notre vie commune; d'avance je savourais le plaisir de reconstruire pour un moment, avec l'ami de ma jeunesse, ce passé d'hier déjà si loin de nous. Mille événemens futiles, depuis long-temps absens de ma mémoire, y rentraient à la fois, et je saluais avec une involontaire mélancolie le retour de ces hirondelles de mon printemps. Depuis la fin de nos études, j'avais vécu comme vivent les jeunes gens, les yeux fixés vers l'avenir, et peu curieux de regarder en arrière, car la tentation d'Orphée ne tourmente guère que les vieillards; mais en ce moment je me sentais vieillard moi-même, en songeant aux folles journées de ma vie d'étudiant.

— Oui, c'était là le bon temps, me disais-je ; et cette pensée banale éveillait dans mon cœur je ne sais quelle tristesse rêveuse, dont les divagations auraient pu se résumer par ce vers de Béranger, le poète favori d'Harmodius :

Dans un grenier qu'on est bien à vingt ans!

II.

Dans la voiture où j'étais monté en quittant la diligence de Toulouse, je trouvai pour unique voyageur un personnage qui, malgré notre mutuel silence, ne tarda pas à attirer mon attention, et finit par me distraire de ma rêverie. C'était un jeune homme de vingt-cinq à trente ans, plutôt petit que grand, doué d'un embonpoint naissant qui se mariait heureusement au vermillon de ses joues, dont les contours lissés et charnus n'étaient altérés par aucun vestige de barbe. De gros yeux troubles donnaient à sa figure une expression extatique et pâmée. Rebroussés à outrance sur un front naturellement étroit, mais agrandi par le rasoir qui avait laissé, aux tempes surtout, des traces récentes de son passage, ses cheveux d'un blond jaune, lui retombaient sur les épaules en affectant le ruissellement désordonné d'une crinière de lion. A voir de profil ce visage rubicond accompagné de cette flamboyante chevelure, on eût dit une comète et sa queue.

La pantomime de mon nouveau compagnon ne me parut pas moins remarquable que sa physionomie. Tantôt, saisi en apparence d'un étouffement subit, il se penchait à la portière en aspirant l'air du dehors aussi bruyamment que renifle un marsouin ; tantôt s'enfonçant dans l'angle de la voiture, il laissait tomber sa tête sur sa poitrine, et demeurait long-temps ainsi, plongé dans la torpeur d'un boa qui digère. Tour à tour il se passait pesamment la main sur le front, geste familier aux hommes de pensée, tourmentait ses cheveux d'un air songeur, levait les yeux au filet de l'impériale comme si, à travers les boîtes à chapeaux et les parapluies qui s'y balançaient, il eût poursuivi quelque inspiration récalcitrante, et de temps en temps remuait les lèvres en prononçant mentalement je ne sais quelles conjurations cabalistiques. Sans la mondanité de son costume, je l'aurais pris pour un prêtre récitant son bréviaire et entraîné à son insu aux démonstrations d'une extase fervente. Tel qu'il m'apparaissait avec sa redingote de velours bleu relevée de boutons guillochés, sa chemise rose à petites fleurs, son chapeau de paille et sa cravate négligemment nouée, je crus voir en lui un acteur répétant un rôle. Dans ma perspicacité, je venais de décider que mon voisin devait être quelque baryton, ce qu'on nomme en province un Martin, emploi qui, selon moi, convenait parfaitement à son physique un peu empâté, quand d'un bond inattendu, il imprima une violente secousse à la banquette, enfonça triomphalement les dix doigts dans sa blonde crinière, écarquilla les yeux en se souriant à lui-même, et tirant de sa poche un petit portefeuille, se mit à écrire malgré la trépidation de la voiture.

— Un poète ! me dis-je alors, honteux de n'avoir pas deviné plus tôt Rimaillant quelque peu moi-même, je connais intimement plusieurs aigles de poésie, mais depuis long-temps je n'en avais surpris aucun en flagrant délit. Par le prosaïsme qui court, il fallait venir à deux cents lieues de Paris, au milieu des rochers des Pyrénées, pour rencontrer cet oiseau rare, un homme consciencieusement occupé à composer des vers. Je me rappelai alors que nous étions dans le ressort de Toulouse, la docte ville, la cité palladienne, et je restai convaincu que je venais d'assister à l'enfantement de quelque hymne à la Vierge ou de quelque sonnet à Clémence Isaure, destiné au concours des jeux floraux.

Curieux de vérifier cette conjecture, j'engageai la conversation avec mon voisin, qui répondit à mes avances, d'un air gracieux inspiré peut-être par la satisfaction vaniteuse, ordinaire compagne d'une paternité récente. A part une recherche d'expression souvent laborieuse et une prétention continuelle à l'effet, mon poétique interlocuteur parlait comme un simple mortel, et sa conversation ne manquait ni de variété ni d'intérêt. Nous effleurâmes beaucoup de sujets sans nous fixer à aucun, ainsi que font les jeunes gens ; nous parlâmes tour à tour littérature, femmes, voyages. Mon compagnon, qui venait de voir la mer à Cette, se donna pour un touriste effréné.

— Et artiste, lui dis-je d'un ton flatteur, car je voulais arriver à mon but ; on ne peut pas vous ranger dans la classe de ces touristes porte-manteaux qui font par inintelligence ce que faisait Alfieri par originalité, et courent le monde sans rien voir, rien apprendre, ni rien retenir. Vous savez mieux le prix du temps et le profit que l'esprit peut tirer d'un voyage. C'est là votre journal ?

Mes yeux lui désignaient le portefeuille posé sur ses genoux ; il sourit négligemment et avec un accent de moquerie où perçait une complaisance secrète :

— Ce n'est pas un mémento, ce sont de petits vers, me dit-il du ton de Vadius.

— A Iris ou à Elvire ? demandai-je.

— A Marthe.

— Marthe ! le nom est joli, mais ingrat pour la rime.

— Carte, Parthe, Sparte, dit vivement le poète.

— Charte, écarte, Sarthe, ripostai-je avec la prestesse d'un homme qui n'est pas novice à la chasse aux rimes, et qui a demandé plus d'une inspiration au dictionnaire de Richelet.

— *Anche tu sei poeta!* s'écria mon interlocuteur en parodiant le Corrège. Sur mes instances, et voyant que je n'étais pas trop indigne de m'asseoir au banquet de sa poésie, il me lut son sonnet à Marthe ; car il retournait sonnet. C'étaient des vers tendres et inoffensifs, tels que je sais les faire moi-même, des vers comme il est permis à tout honnête jeune homme d'en composer de semblables le matin en se faisant la barbe, ou le soir en fumant un cigare sur le boulevard des Italiens. Ces vers commençaient par celui-ci, qui, je dois l'avouer, n'était pas le meilleur :

Votre amitié, madame, ah ! c'est trop ou trop peu.

J'ai oublié le reste, qu'alors je me rappelai littéralement pendant quelques jours. C'est à dessein que je mentionne ce fait ; plus tard, madame, vous saurez pourquoi.

— La céleste Marthe permet donc l'amitié, mais l'amitié seulement ? dis-je au poète.

— Oui, on me fait faire antichambre, reprit-il en souriant avec fatuité.

— Et certes vous méritez tous les honneurs et toutes les félicités du salon. Charmer les ennuis de l'absence en composant des vers pour l'objet aimé, c'est digne d'un Amadis.

— Heureusement l'absence va finir ; ce soir, je l'espère, cette bluette sera arrivée à son adresse.

— Votre sévère amie habite donc C... ?

— *C'est toi qui l'as nommé*, répondit l'amant, qui affectionnait les citations poétiques.

Ce nom de C... changea le cours de mes idées et me ramena au souvenir de Dambergeac. Voyant que, selon toute apparence, je me trouvais en conversation confidentielle avec un de ses administrés, la pensée me vint de profiter de l'occasion, et de m'enquérir de quelle considération jouissait mon ami dans son arrondissement. Après plusieurs questions sur la ville de C..., sur sa topographie, sur les ressources que pouvait offrir à un étranger la société de ses habitans,

— Quel homme est votre sous-préfet ? demandai-je d'un air indifférent.

Le poète tourna la tête de mon côté par un mouvement brusque ; ses sourcils subitement froncés donnèrent à ses gros yeux bleus une expression presque tragique, et il me sembla que sa jaune chevelure se hérissait sur son front.

— C'est un sous-préfet, répondit-il enfin en laissant tomber chaque parole avec l'écrasant dédain d'une sentence sans appel.

Cette réponse ne m'apprenait rien, car il est des sous-préfets de toutes les espèces ; j'en connais même de spirituels et d'indépendans ; mais si les paroles étaient ambiguës, l'ironie de l'accent était suffisamment explicite.

— Peste, dis-je en moi-même, il paraît que Dambergeac s'est fait des ennemis, et que je me suis adressé à l'un d'eux... Insistant alors par une question insidieuse :

— On dit qu'il a une femme charmante ?

Cette fois la physionomie du poète passa du grave au doux, et s'éclaira d'un indéfinissable sourire.

— Madame Dambergeac est une femme ! dit-il avec emphase.

— Le sous-préfet est un sous-préfet, sa femme est une femme, vous avez une redingote bleue et nous sommes dans une diligence ; quatre vérités incontestables, m'écriai-je du ton d'humeur que cause une curiosité désappointée.

Mon voisin secoua la tête d'un air mélancolique, et reprit avec un accent de compassion mêlée d'amertume.

— Une femme jeune et belle, unissant les grâces de l'esprit aux qualités du cœur, enchaînée à un homme vulgaire, grossier, despote, incapable de l'apprécier ; c'est là une histoire bien simple, et qui peut être racontée en deux mots : Madame Dambergeac n'est pas comprise de son mari. Voilà tout.

Je restai muet. A ma connaissance, Harmodius avait compris trop de femmes pour que l'inintelligence conjugale qui lui était attribuée ne bouleversât pas toutes mes idées. De deux choses l'une : le Lovelace de l'école de droit, aujourd'hui dégénéré, avait subi une complète métamorphose, ou madame Dambergeac, cette ange incomprise, selon mon voisin, devait être en réalité un hiéroglyphe indéchiffrable. Dans l'un ou l'autre cas, ma visite acquérait un intérêt que je n'avais pas prévu ; aussi, la vue des clochers de C..., que nous aperçûmes en ce moment, me causa-t-elle l'émotion involontaire qu'inspire le pressentiment d'un drame prochain.

— Ah ! Dambergeac ne comprend pas sa femme, me dis-je en descendant de voiture ; eh bien ! je la comprendrai, moi ; dussé-je consacrer sept ans à cette étude ; autant de temps qu'Alfieri en mit à apprendre le grec.

Notre arrivée avait terminé la conversation. Je pris congé de mon compagnon en lui souhaitant tous les succès imaginables en amour ainsi qu'en poésie, et, après avoir déjeuné à la hâte, je me rendis à la sous-préfecture.

— M. le sous-préfet arrive ce matin ; nous l'attendons d'une minute à l'autre, me dit le concierge ; si monsieur veut repasser dans quelque temps...

— J'aime mieux attendre ici, répondis-je ; et, sur l'assurance donnée par moi que j'étais ami intime de Dambergeac, je fus introduit dans son cabinet de travail. Un bureau circulaire, entouré de fauteuils, occupait le centre de cette pièce ; des bibliothèques à casiers, dont les cartons verts portaient tous quelque étiquette administrative, masquaient les boiseries ; les intervalles étaient remplis par des cartes géographiques, parmi lesquelles brillait au premier rang celle de l'arrondissement de C...; en face des fenêtres, sur un socle de bois peint simulant le marbre, apparaissait le buste, en plâtre, du roi des Français. A cette vue et en me rappelant le républicanisme d'Harmodius, je ne pus m'empêcher de sourire ; mais avant que j'eusse le temps de poursuivre mes observations, un bruit roulant qui fit bruire les vitres et parut émouvoir la sous-préfecture tout entière, attira mon attention au dehors.

Dans la cour, dont la grille venait de s'ouvrir, se ruait avec un fracas solennel une calèche escortée de deux gendarmes à cheval, le sabre nu à la main. Un homme de haute taille, coiffé d'un chapeau à plumes et vêtu d'un uniforme bleu à broderies d'argent, descendit de la voiture ; après avoir remercié et congédié son escorte par un salut plein de gravité, il monta le perron. Un moment après, la porte du cabinet s'ouvrit et Dambergeac se jeta dans mes bras.

Après les premiers momens d'effusion, nous nous examinâmes tous deux avec une égale curiosité, car huit années s'étaient écoulées depuis notre dernière entrevue.

— Tu es pâle et maigre, me dit Harmodius au bout d'un instant.

— En revanche, répondis-je, je te trouve gras et rose ; si je suis la satire du célibat, tu es le panégyrique vivant du mariage.

En effet, il s'était opéré en lui un changement qui devait paraître avantageux à beaucoup de gens ; il avait pris de l'embonpoint et annonçait une propension décidée à devenir ce que le peuple appelle un bel homme, c'est-à-dire un gros homme. Son teint, autrefois basané, s'était éclairci et offrait à l'œil ces tons frais et reposés qui caractérisent les portraits d'homme de Largillière. Il n'y avait plus de politique dans ses cheveux, artistement frisés et roulés en conque marine au-dessus du front, comme ceux des garçons de café. Ce genre de coiffure, joint à deux minimes favoris coupés en croissant de l'oreille au nez, lui donnait une physionomie bourgeoise, pouparde, trop bien portante, à laquelle la solennité du costume préfectoral semblait ajouter je ne sais quoi de gourmé et d'important qui me déplut souverainement. Du reste, je cherchai vainement entre les sourcils d'Harmodius le froncement dur et impérieux, habituel aux tyrans domestiques, et que je m'attendais à y trouver incrusté, d'après les confidences de mon voisin de diligence.

— Je te surprends au milieu de tes grandeurs, dis-je en me rasseyant ; sais-tu que sous ce costume et avec les estafiers qui t'accompagnaient tout-à-l'heure, tu as quelque chose d'imposant et de grandiose ? Tu as fait dans ton palais une entrée de pacha à trois queues.

— Tu me trouves *in flocchi* en l'honneur de monseigneur d'Auch, qui achève sa tournée diocésaine et que je viens de reconduire jusqu'aux limites de mon arrondissement.

— Comment ! tu te fais garder par des gendarmes et tu hantes des évêques ! des archevêques !!! les uns ne sont donc plus des janissaires, ni les autres des jésuites ?

Le sous-préfet sourit.

— Je t'assure, dit-il, que mes gendarmes sont tous de très honnêtes garçons ; et que parmi ces messieurs du clergé d'Auch il se trouve des hommes fort distingués ; d'ailleurs ma femme est nièce d'un des vicaires-généraux.

— Qu'as-tu fait de tes favoris à la Torquato qui étaient l'adoration de cette pauvre Armandine ? demandai-je en changeant de conversation.

— Ma femme n'aime pas la barbe, et puis ce qui est permis à un étudiant messiérait à un magistrat.

Je me mis à rire.

— Magistrat et Harmodius ! m'écriai-je ; je ne puis m'habituer à l'accouplement de ces deux mots. Dis-moi ? comment te tires-tu de ta correspondance avec tes maires de village, de tes audiences, de tes séances aux conseils de révision, etc.? La main sur la conscience, ne t'est-il jamais arrivé de t'endormir sur une circulaire administrative ou sur une instruction ministérielle ?

— Dans le commencement, répondit mon ami, j'étais obligé pour me tenir éveillé de me piquer les jambes avec une épingle. Maintenant j'y suis fait ; je suis sûr que je ne prends pas plus de cinquante prises de tabac par séance de travail.

— A propos de tabac, nous sommes près de l'Espagne, tu dois avoir de bons cigares, donne-m'en un ; cela neutralisera peut-être l'odeur de paperasses qu'exhale ton sanctuaire.

— Désolé, *my dear* ; je ne fume plus. Ma femme ne supporte pas le cigare et...

— Parbleu ! interrompis-je, impatienté de ce mot : ma femme ! qui revenait à tout propos, madame Dambergeac ne saurait être plus délicate que Juliette, à qui l'odeur de la pipe attaquait réellement les nerfs et que tu avais si bien apprivoisée qu'elle fumait à la fin comme une véritable Andalouse.

— Juliette était ma maîtresse, madame Dambergeac est ma femme, dit Harmodius d'un ton dogmatique.

— M. Pinchon ne parlerait pas mieux, pensai-je ; mais où diantre mon poète de ce matin a-t-il vu que ce modèle des maris fût un second Raoul Barbe-Bleue ?

Pour satisfaire autant qu'il le pouvait ma fantaisie de tabac, Dambergeac me présenta une boîte en or dont le couvercle offrit à mes yeux une image royale, la même qui figurait en buste au milieu du cabinet, mais entourée cette fois d'une pléiade de jolis princes et d'aimables princesses, le tout délicatement peint en miniature. Dans le cabinet d'un employé du gouvernement, le buste de Louis-Philippe était un meuble obligé, mais son portrait sur une tabatière me parut appartenir à ce dévoûment sentimental et personnel qui a été si souvent reproché aux royalistes de la restauration.

— Tu es donc décidément juste-milieu ? demandai-je brusquement.

— Je suis sous-préfet, dit Harmodius.

Il n'y avait rien à répondre, et je me tus, émerveillé non pas du changement qu'avaient subi les habitudes, les manières, les principes de mon ami, mais de ma propre naïveté, qui avait cru retrouver dans le fonctionnaire de 1854 l'étudiant de 1826.

En ce moment la porte s'ouvrit et un domestique parut sur le seuil.

— Madame attend monsieur, dit-il, la messe est sonnée ; et il sortit.

Je fis un bond sur mon fauteuil, car ce dernier trait était le coup de grâce.

— La messe ! m'écriai-je ; tu vas à la messe ; sérieusement, décemment, chrétiennement, sans boules fulminantes ni clé forée dans tes poches ?

Toutes les impiétés commises par mon ancien condisciple à Saint-Eustache et à Sainte-Geneviève s'étaient réveillées dans mon souvenir à ces mots inouïs : la messe est sonnée.

Le sous-préfet se leva; sa figure resta sereine, et un indulgent sourire effleura ses lèvres.

— Mon arrondissement est très dévot, dit-il, et il est d'une sage politique de ménager les croyances des populations; le gouvernement nous donne, à cet égard, les instructions les plus positives. Je vais à la messe d'onze heures tous les dimanches; d'ailleurs Marthe est très pieuse.

— Marthe! interrompis-je vivement.

— C'est le nom de ma femme. Viens que je te présente à elle. Si tu tiens à lui plaire, offre-lui le bras et accompagne-nous à l'église. C'est un ancien aumônier de régiment qui dit la messe.... l'affaire d'une demi-heure, pas davantage.

Au moment où je m'approchais d'une fenêtre pour prendre mon chapeau, j'aperçus dans la rue mon compagnon de voyage, l'homme au sonnet, marchant les yeux en l'air, sans doute en quête d'une rime rebelle ou de quelque ange invisible pour moi. A sa vue une révélation soudaine illumina mon esprit, comme en se levant une rampe de théâtre éclaire la scène où le drame va commencer.

— Madame Dambergeac s'appelle Marthe!

Et dans un accès de curiosité tel que j'en avais rarement éprouvé de semblable, je me précipitai sur les pas d'Harmodius, qui, après avoir changé son uniforme de sous-préfet contre un costume entièrement noir dans lequel régnait encore une certaine majesté administrative, se dirigeait vers l'appartement de sa femme.

III.

Nous trouvâmes madame Dambergeac dans un petit salon qui précédait sa chambre à coucher. Debout devant une fenêtre, la jeune femme tenait d'une main son livre d'heures, de l'autre le petit rideau de mousseline qu'elle avait soulevé pour regarder dans la rue, et qu'elle laissa retomber négligemment à notre approche. Lorsqu'elle se retourna, je l'enveloppai d'un de ces regards elliptiques et pressans, qui sans insolence étreignent une femme de la tête aux pieds, en s'emparant des moindres détails de sa personne avec la promptitude et la fidélité que met la cire à prendre l'empreinte d'un cachet. Du même coup d'œil j'aperçus un cachemire rouge retenu autour du cou par une épingle à camée et descendant presque jusqu'à terre, ainsi que les nouvelles mariées de la petite bourgeoisie portent triomphalement le plus beau châle de leurs corbeilles de noces; une robe verdâtre, couleur malheureusement alliée à celle du cachemire; des souliers ou plutôt des pantoufles en maroquin mordoré; un de ces engloutissans chapeaux en paille d'Italie que je déteste; sous ce chapeau une figure pâle encadrée de cheveux blonds dont le double bandeau, plus abondant que régulier, dénonçait l'incorrection paresseuse d'une coiffure du matin; enfin, pour trait principal, deux yeux bleu clair, fendus en amande, allongés encore par un clignement moitié dédaigneux moitié langoureux, familier à beaucoup de femmes du monde, et qui, accompagné d'une imperceptible inclination de tête, répondit à mon salut d'une manière ducale assez impertinente.

Cette toilette, dont le goût équivoque eût été de la vulgarité sans la valeur réelle du cachemire, annonçait une provinciale; l'attitude du corps légèrement ployé pouvait se prendre également pour l'effet d'habitudes indolentes ou pour cette flexion involontaire, mais non sans grâce, qu'imprime souvent aux tailles sveltes une organisation délicate ou maladive; le visage ovale, un peu busqué, avait une distinction naturelle, gâtée à demi par son expression à la fois hautaine et élégiaque; les yeux enfin, avec leurs rayons chatoyans et le jeu expressif des paupières, étaient de ceux qu'un homme peut ne pas aimer, mais qu'il regarde plus d'une fois; leur éclat autant que leur couleur me rappela certains saphirs dont il était question dans le sonnet à Marthe; au total, madame Dambergeac était une fort jolie femme de vingt-quatre ans, et si mon compagnon de voyage avait dit vrai, son mari était inexcusable de ne pas la comprendre.

— Ma chère Marthe, dit Harmodius, voici un de mes meilleurs amis dont je t'ai souvent parlé, le comte Léopold de Cast.

Malgré ma préoccupation d'observateur, je ne pus m'empêcher de sourire à cette présentation solennelle. A l'école de droit, mon innocent titre de comte avait été mille fois l'objet des plaisanteries libérales de mon condisciple. L'accent sérieux dont il le proclamait aujourd'hui m'apprit que l'habit de sous-préfet avait réconcilié l'ex-carbonaro avec la noblesse aussi bien qu'avec le clergé.

Après quelques phrases de politesse banale, j'offris le bras à madame Dambergeac, selon la recommandation qui m'en avait été faite, et nous partîmes pour aller à la messe, contre laquelle je n'avais aucune objection. Quoique l'église ne fût pas éloignée de la sous-préfecture, nous montâmes en voiture pour nous y rendre, faste inusité dans une petite ville. Je crus même un moment que nous serions accompagnés par la gendarmerie qui avait servi d'escorte à Harmodius; cette gloire nous manqua, mais en revanche nous eûmes celle de traverser la nef dans toute sa longueur, et de nous installer au banc réservé à monsieur le sous-préfet, immédiatement devant la grille du chœur.

Lorsque je vais à la messe, c'est à l'entrée de l'église, au rang des pauvres et des humbles, que je me place, laissant à de plus dignes que moi le haut du sanctuaire. Je fus donc presque embarrassé d'une distinction qui me parut quelque peu pharisienne, puis je m'y habituai; mais après avoir triomphé de ma gaucherie, je fus moins heureux à l'égard d'une distraction involontaire causée par mes voisins.

Harmodius était admirable de maintien et de conduite; les bras croisés sur la poitrine, les yeux imperturbablement fixés sur une hirondelle qui becquetait les vitraux d'une des fenêtres du chœur, il se levait quand il fallait se lever, s'asseyait quand il convenait de s'asseoir avec une intelligence et une ponctualité dont eût pu s'honorer un sous-préfet de la congrégation. Si je fus édifié de la contenance de mon ami, en revanche madame Dambergeac, à côté de qui je me trouvais placé, me parut moins absorbée par ses prières que je ne devais m'y attendre, d'après la dévotion qui lui avait été attribuée par son mari. Il me sembla qu'elle lisait bien longtemps la même page; de plus je remarquai que chaque fois qu'elle se levait ou s'asseyait, elle tournait la tête, mouvement qui n'était nullement nécessaire, et qui me parut un peu hétérodoxe, car je me suis toujours défié des femmes qui regardent derrière elles. A la première occasion je me retournai en même temps que ma voisine. Mon œil traversa sans s'y arrêter la mer de bonnets et de chapeaux de femmes qui ondoyait au milieu de l'église, et sonda d'un regard aussi rapide qu'infaillible un groupe de jeunes gens, encombrant la porte dans des intentions plus ou moins pieuses. Au premier rang, debout contre un pilier, le front ceint d'une auréole prismatique dont le couronnait le soleil perçant à travers les vitraux coloriés, je reconnus mon compagnon de voyage. A la béatitude empreinte sur sa physionomie ainsi qu'à sa blonde chevelure et à la rotondité de son visage, je crus voir un gros chérubin; les yeux béans et dirigés de mon côté, il semblait dire: *Ave*, comme ces petits anges de marbre dont parle Dante dans son naïf et sublime langage; mais en rencontrant mon regard le sien changea subitement d'expression, et sa bouche se contracta par une assez laide grimace que je comparerai, puisque nous étions à l'église, à celle que fait, dit-on, Satan lorsqu'on le plonge dans un bénitier. Je m'assis, et sans affectation, j'examinai madame Dambergeac; cette fois elle lisait son livre à rebours. Harmodius, de son côté, semblait compter fort attentivement les vases de fleurs rangés symétriquement sur la corniche des travées qui entouraient le chœur. Le moyen, madame, d'être attentif à la messe lorsqu'on a sous les yeux un drame semblable à celui dont je me trouvais inopinément le spectateur?

En sortant de l'église, au milieu d'une double haie de jeunes fidèles rangés sur le passage des jolies dévotes de C..., et qui me rappelèrent les habitués de Saint-Thomas-d'Aquin, j'aperçus de nouveau le poète; il nous salua au moment où je m'asseyais dans la voiture à côté de madame Dambergeac, et ses gros yeux me lancèrent un regard de dépit et de colère concentrée. Il me traitait en rival, je ne sais

pourquoi ; je ne sais pourquoi non plus j'acceptai cette position. et sans y être autorisé par la personne la plus intéres-
sée à ce débat naissant, je relevai aussitôt le gant qui m'était
jeté.

— Quel est ce gros garçon qui vient de saluer ? demandai-
je à Harmodius en regardant sa femme du coin de l'œil.

Madame Dambergeac se mordit la lèvre en faisant une petite moue dédaigneuse qui concernait évidemment le gros
garçon ou moi : lequel des deux ? je n'en savais rien encore.

— C'est le receveur des contributions, répondit Harmodius ;
M. Aimé Morisset.

— *De* Morisset, dit la *sous-préféte* d'un ton bref.

Ce *de* tranchait la question ; il devenait évident que la mine
méprisante était à mon adresse et destinée à venger M. Aimé
de cette épithète impertinente : *Gros garçon!*

Que madame Dambergeac fût la Marthe du sonnet, cela
n'était plus un doute pour moi ; mais quelle était réellement
la nature de l'amitié dont parlait le poète dans ses vers, voilà
ce que j'étais curieux de savoir. S'il se fût agi de toute autre
femme que de celle de mon ami, ma curiosité m'eût paru indiscrète et puérile, ou plutôt je ne l'aurais pas éprouvée. Mais
la communauté fraternelle dans laquelle j'avais longtemps
vécu avec Harmodius me justifiait à mes propres yeux. Il me
sembla que mon initiation volontaire aux secrets de son ménage n'était pas une intrusion blâmable, mais une action aussi
légitime que naturelle, et qui, dans une circonstance où son
honneur pouvait courir quelques risques, devenait presque
un devoir. Ce fut donc sans aucun remords qu'acceptant son
invitation de rester à C... jusqu'à la fin de l'automne, et plus
longtemps si cela me convenait, je résolus de poursuivre la
lecture du roman dont je n'avais encore épelé que le premier
chapitre.

Il y avait un bal le soir même à la sous-préfecture. Dambergeac, qui avait de la fortune et dont la femme était riche
d'ailleurs, avait monté sa maison sur un pied assez brillant,
et il mettait dans sa manière de représenter le gouvernement
aux yeux de ses administrés une sorte de somptuosité vaniteuse. En ce moment il était fort préoccupé des détails de sa
soirée.

— Crois-tu que cette fois nous aurons quelques-uns de nos
gentilshommes ? demanda-t-il à sa femme avec un sourire aigre-doux, lorsque nous fûmes rentrés.

— J'ai la promesse positive de madame de Ginévry, répondit Marthe, et madame du Dressant non-seulement m'a donné sa parole, mais m'a dit qu'elle se chargeait de décider sa
belle-sœur à venir.

— Il faut que tu saches, me dit Harmodius, que nous avons
ici un faubourg Saint-Germain au petit pied qui imite littéralement, à l'égard de nous autres fonctionnaires de juillet,
la conduite que tient son aîné envers le château des Tuile-
ries. Nos boudeurs sont plus têtus encore que ceux de la
rue de Varennes, s'il est possible. Les femmes sont parfaitement polies pour Marthe, qui d'ailleurs est une des leurs ; ces
dames se voient souvent et se rendent leurs visites avec une
exactitude scrupuleuse, mais le matin seulement : le soir il
semble que la sous-préfecture devienne un lazaret où est la
peste. Croirais-tu que depuis près de quatre ans que je suis
ici je n'ai pas pu décider un seul de ces hobereaux à mettre
le pied à mes assemblées ?.. Et leurs femmes ! c'est pis encore... un escadron de marquises de Pretintaille et de com-
tesses d'Escarbagnas !

Le sous-préfet fit entendre un rire bruyant dont l'ironie ne
couvrait pas entièrement son dépit secret, et entonna de sa
grosse basse-taille la chanson de Béranger à laquelle il venait de faire allusion :

> Vils roturiers,
> Respectez les quartiers...

C'était une réminiscence de l'Harmodius d'autrefois, mais
madame Dambergeac y coupa court en se bouchant les oreilles d'un air impatienté.

— Vous pourriez, dit-elle, lorsque cette pantomime eut imposé silence à son mari, traiter moins grossièrement mes
amies ; pour moi je les approuve, et à leur place je me con-
duirais comme elles le font ; certainement si je n'étais pas
condamnée à faire les honneurs de mon salon, on ne m'y ver-
rait pas. La cohue que vous m'obligez à recevoir n'a rien de
fort attrayant pour une femme bien élevée, et sans être comtesse d'Escarbagnas, on peut ne pas tenir infiniment à la société de madame Patageot, la femme du receveur de l'enregis-
trement ou de madame la *notairesse* Capricard... Je pense
que je peux médire un peu devant M. de Cast, ajouta la jeune
femme en me jetant un sourire assez gracieux ; d'ailleurs, ce
soir il jugera si je suis trop méchante ; et sans attendre ma
réponse ni celle de son mari, elle sortit.

— Marthe n'a pas tout-à-fait tort, me dit mon ami en son-
nant ; il est des exigences de position fort désagréables ; tu
verras à notre bal que nous sommes furieusement encanail-
lés, malgré toutes mes tentatives d'épuration.

Harmodius le niveleur métamorphosé en marquis de Mon-
cade me parut une chose si bouffonne, que je ne pus retenir
un éclat de rire auquel l'entrée d'un domestique empêcha
mon ami de faire attention.

— Toutes mes invitations pour ce soir ont-elles été exactement envoyées ? demanda-t-il.

— On a suivi la liste qu'a donnée madame, répondit le
domestique, et prenant sur une table un petit paquet de pa-
piers : — Voilà ce qui reste des lettres imprimées.

Harmodius prit les lettres, les regarda un instant, et les
froissant tout-à-coup dans sa main, donna sur le bureau un
coup de poing capable d'assommer un bœuf.

— Vous serez donc toute votre vie un imbécile ! s'écria-t-il ;
et cet autre animal d'imprimeur a juré de ne me faire que
des sottises. Je vous ai dit vingt fois et à lui aussi que mon
nom s'écrivait : petit *d*, apostrophe, A majuscule, et voilà
qu'il l'estropie encore. Allez lui demander son compte ; désormais Mérignon sera l'imprimeur de la sous-préfecture.

— Je ne te savais pas si bon gentilhomme, dis-je à mon
ami quand le domestique fut sorti ; depuis quand es-tu
d'Ambergeac avec apostrophe ?

Harmodius essaya de sourire.

— C'est ma femme, répondit-il, qui pense que mon nom
ainsi écrit a meilleur air sur ses billets de visite. D'ailleurs,
c'est là sa véritable orthographe ; je l'ai trouvé moi-même
écrit de la sorte dans des titres de 1547.

— Peste ! tu as maintenant des titres de 1547, repris-je,
sans pitié pour son embarras évident ; je n'étais pas fâché de
lui rendre en partie les moqueries dont il avait tant de fois
poursuivi ce qu'il appelait autrefois ma gentilhommerie.

— Et pourquoi n'en aurais-je pas ? s'écria-t-il avec l'espèce
de brutalité que donne la conscience d'une mauvaise cause ;
il me semble que d'Ambergeac sonne aussi bien que Cast ou
Castillon. — Puis, me prenant la main : Au fait, reprit-il, tu
as raison de te moquer de moi, je suis ridicule ; mais le
moyen de ne pas le devenir au milieu de ces hobereaux et de
leurs bégueules de femmes ?

— Pauvre Harmodius ! pensai-je lorsque je fus seul, le
voilà fort en peine d'une apostrophe de plus ou de moins ; et
pendant ce temps sa femme lit ses prières à rebours sans qu'il
s'en aperçoive ou s'en inquiète ! L'aveuglement est-il donc une
condition inévitable de la profession de mari ?

IV.

J'avais fait apporter mes effets à la sous-préfecture dont
j'étais devenu le commensal : le soir je fus donc le premier
au bal, et j'eus le divertissement, parfois assez amusant, de
voir arriver à la file les invités. J'eus lieu de reconnaître
qu'en effet la femme d'Harmodius n'avait pas été trop mé-
disante. Dans cette réunion, composée exclusivement d'em-
ployés du gouvernement, d'industriels et de membres de la
petite bourgeoisie, tous solennellement vêtus ou plutôt en-
dimanchés, car la sévérité du sous-préfet en fait d'étiquette
était connue, il se trouvait plus d'une figure ridicule, plus
d'une tournure empêtrée, plus d'une toilette ébouriffante ;
mais où ne s'en trouve-t-il pas ? Madame Dambergeac recevait
et rendait les saluts de l'air nonchalant et hautain qui d'abord
m'avait frappé dans sa physionomie, et faisait les honneurs de

son salon en femme qui en eût volontiers fermé la porte aux neuf dixièmes des personnes invitées par elle. Je lui pardonnai cette maussaderie, dont pour moi d'ailleurs je n'avais pas à me plaindre, en faveur de nombreux détails de grâce et de beauté qui, le matin, m'avaient échappé, enfouis qu'ils étaient dans la passe d'un chapeau et sous les plis d'un cachemire, mais que révélait en ce moment une toilette de bal aussi fraîche qu'indiscrète. Décidément madame Dambergeac était une fort jolie femme, et alors qui aurait pu lui contester le droit de jouer un peu à la duchesse?

— Madame Capricard, annonça le domestique placé à la porte du salon.

A ce nom et à la vue de la grosse bayadère empanachée qui entrait en se tortillant à outrance par manière de salut, les yeux de madame Dambergeac cherchèrent les miens, et nous échangeâmes un sourire qui eût fait tomber à la renverse la resplendissante *notairesse* si elle en eût compris le sens.

— Monsieur *de* Morisset, reprit le domestique. Cette fois ce fut moi qui cherchai le regard de Marthe, mais je ne le rencontrai pas.

Le poétique receveur des contributions fit une entrée aussi grave et aussi mélancolique que celle de madame Capricard avait été folâtre et évaporée. Il s'avança vers la maîtresse de la maison, lui adressa un salut cérémonieux propre à dérouter la médisance, et se mêla aussitôt au groupe d'hommes entassés au milieu du salon, et parmi lesquels il ne tarda pas à m'apercevoir. Sans doute il avait réfléchi depuis le matin, car au lieu de l'air hostile auquel je m'attendais, sa physionomie prit à ma vue une expression prévenante et amicale. Avec un empressement probablement tout de politique, dont je ne fus pas dupe, il vint à moi, et me frappant le bras familièrement :

— Eh, bonsoir donc, me dit-il, Machiavel, Iago, Sixte-Quint, Talleyrand, tout ce qu'il y a de plus roué et de plus perfide au monde. N'avez-vous pas quelque pudeur du tour pendable que vous m'avez joué ce matin? et moi qui répondais à vos questions traîtresses avec une ingénuité digne de l'âge d'or! ah ça, j'espère que si vous êtes curieux, du moins vous n'êtes pas indiscret. — Ces derniers mots furent dits d'un ton plus sérieux que le commencement.

— Rassurez-vous, répondis-je en riant, je vous promets de ne pas dire à notre Amphitryon que vous le trouvez grossier, despote et mauvais mari.

— Ni cela ni le reste, reprit monsieur Morisset avec un sourire qui dissimulait mal son inquiétude.

— Le reste, ce me semble, n'a rien qui puisse blesser la personne qu'il concerne. Une femme voit rarement un crime dans l'intérêt qu'elle inspire, et dans cette circonstance je pourrais parler sans vous faire tort.

— Peut-être; mais c'est votre silence que je réclame, répondit gravement le poète.

La ritournelle d'une contredanse interrompit notre dialogue. Mon interlocuteur s'élança vers madame Capricard, qui à son approche se leva par un petit bond enfantin dont gémit la banquette où elle se prélassait. Ce couple, qu'on eût pu comparer à une galiote hollandaise traînée par un bateau remorqueur, fendit la foule au grand dam des fleurs et des rubans qui enchevêtraient la danseuse de la tête aux pieds, et prit place à l'un des quadrilles au milieu du salon. M. Morisset avait si bien combiné sa manœuvre que, sans affectation et comme par hasard, il se trouva en face de madame Dambergeac qui dansait avec le colonel du régiment de cavalerie en garnison à C... Forcé de céder la place aux danseurs, je me rapprochais de la porte, mais sans perdre de vue les acteurs d'une scène qui, d'après mes observations précédentes, ne pouvait manquer de devenir intéressante, lorsque je sentis une main sur mon épaule.

— Tu verras qu'ils ne viendront pas, dit à mon oreille une grosse voix d'un ton de mauvaise humeur.

Je me retournai et j'aperçus Harmodius; il regardait la porte, et à chaque nouvel arrivant qui venait le saluer, se mordait les lèvres avec un dépit concentré.

— Qui est-ce qui ne viendra pas? demandai-je; car je ne savais ce qu'il voulait me dire.

— Nos seigneurs les vidames et hauts barons de C..., les Ginévry, les du Dressant, les Malescard et consorts; ils croiraient déroger s'ils venaient chez moi; pardieu! cela leur sied bien! Ne voilà-t-il pas de nobles et puissans seigneurs! parce qu'ils ont un pigeonnier au milieu d'une mare à canards, ils se posent en châtelains; un tas de gentillâtres mal décrassés par la savonnette à vilain de leurs grands-pères!

— D, apostrophe, Ambergeac, répondis-je, je croyais ta maison réconciliée avec celle de Montmorency.

— Enfin en voici un! reprit le sous-préfet, insensible à mon observation; et il me désigna du regard un beau vieillard qui entrait en ce moment, sans permettre que le domestique l'annonçât. — Le comte de Ginévry, un vrai gentilhomme, celui-là : les Ginévry datent de 1500. Je viens de faire réparer la route qui passe devant son château..... Mais il vient seul.... Comment, sa femme n'est pas avec lui!

M. de Ginévry se glissa, avec l'aisance d'un homme du monde, à travers les personnes qui nous séparaient de lui, et salua, d'un air aussi gracieux que poli, Dambergeac, qui s'empressait à sa rencontre.

— N'aurons-nous pas l'honneur de voir madame la comtesse? dit Harmodius en le regardant fixement; elle nous avait fait espérer cependant.

— Malade, répondit le vieillard d'un ton pénétré; réellement malade et désolée de l'être aujourd'hui. Mais, vous le savez, ma femme est d'une santé si faible, si capricieuse! Après la contredanse, j'irai faire agréer ses excuses à madame Dambergeac, que j'aperçois plus belle et plus séduisante que jamais..... Une toilette d'un goût exquis.....

Et le comte s'approcha du quadrille, peut-être pour contempler de plus près les blanches épaules de la *sous-préfète*, dignes en effet de l'admiration d'un vieil amateur. Harmodius fit entendre une espèce de grognement sourd.

— Malade! dit-il, elle était ce matin à la messe. Est-ce que ce vieux marquis de Lanturlu me croit dupe de toutes ces défaites? Maintenant que sa route est en bon état, il espère de s'acquitter envers moi au moyen d'une visite? Patience! il n'a pas encore l'âge de l'exemption, et il peut être sûr que je vais le faire pincer par la garde nationale. Ah! sa femme est malade! Que dis-tu de ça?

— Je dis qu'il n'y a pas de loi qui oblige une femme à aller au bal, même au bal d'un sous-préfet. Mais, réponds-moi, connais-tu beaucoup ce monsieur Morisset, qui figure en face de ta femme, et qui, en ce moment, a l'air d'un pingouin prêt à prendre son vol?

Le poète, en effet, la tête renversée en arrière, les cheveux au vent, les pouces dans les poches de son gilet, et les coudes arrondis en forme d'ailes ou plutôt d'anses, balançait devant madame Dambergeac avec les grâces et le rengorgement d'un paon qui fait la roue. Au moment même où je venais d'attirer sur lui l'attention d'Harmodius, il ôta ses doigts des poches où ils semblaient emprisonnés pour recevoir, ainsi que le voulait la figure, les mains de Marthe, à laquelle il servait de vis-à-vis; j'aperçus alors, entre le pouce et l'index du danseur, un objet presque imperceptible, car il en sortait à peine de trois ou quatre lignes, mais tranchant par sa blancheur sur la couleur jaune du gant. Après le tour de main, M. Morisset se froissa les doigts par une sorte de claquement triomphant, puis les réintégra dans son gilet. Le petit objet blanc avait disparu. Je regardai madame Dambergeac, elle s'éventait avec son mouchoir qu'elle semblait serrer fortement.

— Morisset! me répondit mon ami, qui avait regardé sans voir, comme font les maris : garçon d'esprit; quoique ma femme le trouve prétentieux; c'est un de nos lions; il a une foule de petits talens de société; il chante, il fait des vers, il joue de la clarinette, et entre nous je crois qu'il serre de près madame Capricard, pendant que le gros notaire perd son argent à la bouillotte. Epoux stupide! ils sont tous comme ça.

Je ne répondis rien à cette parodie inattendue du vers d'*Hernani*; la moquerie de Dambergeac avait quelque chose de réellement affligeant

— Epoux stupide! répétai-je en moi-même; ta femme vient de recevoir un billet sous tes yeux, sans que tu y aies vu plus clair qu'à un tour d'escamotage de Comte ou de Bosco ; ris, tu as sujet d'être content ; ris de M. Capricard.

— M. le marquis de Montagnac, annonça en ce moment le domestique, en jetant avec pompe ce nom gascon au milieu du bruit du bal.

— Je ne sais aucun gré à celui-ci de sa visite, me dit Harmodius. C'est un fin matois, qui par peur est resté maire de son village après la révolution, et qui maintenant fait du dévoûment à l'ordre de chose pour placer ses enfans. Mais, Dieu me pardonne, n'a-t-il pas une cravate noire et des bottes ?... Oui, pardieu ! des bottes... Voilà qui est sans gêne.

Harmodius fronça le sourcil et prit son attitude la plus imposante, au lieu d'aller au devant du nouveau venu. Le marquis était un petit homme à physionomie fine et railleuse, vêtu avec l'insouciance de costume familière aux gentilshommes campagnards ; il s'avança en montrant de grandes dents blanches en manière de sourire et sans avoir l'air embarrassé le moins du monde par l'attitude raide et gourmée de Dambergeac.

— Votre bal est charmant, monsieur le sous-préfet, dit-il en accompagnant ce compliment d'un salut dégagé, auquel le maître du logis répondit par une inclination de tête assez légère. — Dès le péristyle j'ai reconnu le goût parfait de madame Dambergeac. Je suis venu de Montagnac tout exprès pour votre soirée, et je m'applaudis de cette heureuse idée. Tout ce que je vois ici est vraiment d'une élégance, d'une distinction.....

— Monsieur le marquis est sans doute venu à cheval ? répondit Harmodius, sans se dérider à ces louanges ; ses yeux toisant le gentilhomme du haut en bas, s'arrêtèrent sur les bottes qui avaient blessé son amour-propre de maître de maison, et y restèrent fixés d'un air magistral.

Monsieur de Montagnac suivit du regard la pantomime d'Harmodius, avança un pied comme pour mieux mettre en évidence la chaussure inculpée, et dit avec une bonhomie affectée :

— Je devine la cause de votre surprise, monsieur le sous-préfet ; vous êtes étonné de recevoir un pauvre maire de village en bottes ; vous vous attendiez sans doute à me voir en sabots.

— Comment donc, monsieur le marquis..... je serai toujours honoré..... même en sabots..... balbutia le sous-préfet aussi décontenancé que pourrait l'être un pédagogue recevant de la main d'un écolier la férule qu'il lui destinait.

Je laissai mon ami aux prises avec le campagnard, qui humait lentement une prise de tabac et souriait d'un mauvais sourire. La contredanse était finie et je voulais éclaircir un point plus intéressant pour moi que la petite guerre dont Harmodius me paraissait devoir payer les frais. M'approchant de madame Dambergeac qui venait de s'asseoir, j'entamai la conversation par une de ces niaiseries qui se débitent au bal, lorsqu'on ne trouve rien de mieux à dire ; mais cette fois ma sottise avait un but.

— Quel joli mouchoir vous sert d'éventail ! comment appelez-vous ce genre de broderie ? broderie au crochet ou à l'aiguille ?

— Broderie au plumetis, répondit madame Dambergeac en retenant et en roulant dans sa main le mouchoir que je faisais mine de toucher, pour mieux résoudre la grave question posée par moi. — N'allez-vous pas inviter madame Capricard ? ajouta vivement la jeune femme.

J'obéis à ce changement de conversation, et je me mis à médire de la plantureuse femme de notaire, mais sans perdre de vue le mouchoir brodé que je soupçonnais, comme Harpagon accusait les hauts-de-chausses de La Flèche, et que la femme d'Harmodius chiffonnait d'un air préoccupé, tout en soutenant la conversation. Après une certaine manœuvre occulte dont je ne me rendis pas bien compte, elle posa le mouchoir sur ses genoux avec négligence, mais dans ce mouvement je m'aperçus que le bouton d'un de ses gants venait d'être défait. Les premières mesures d'une valse s'étant fait entendre au même instant, je saisis avec un empressement affecté la main qui me paraissait suspecte à son tour.

— Voici la valse que vous m'avez promise, dis-je pour justifier cette familiarité.

— Vous vous trompez, je vous ai donné la troisième, répondit madame Dambergeac en retirant la main plus brusquement encore qu'elle n'avait retiré le mouchoir, mais pas assez vite pour que je n'eusse pas le temps de glisser traîtreusement les doigts en dessous et de m'assurer de l'existence d'un papier entre la paume et le gant. Le valseur légitime, qui n'était autre que M. Morisset, étant survenu, je saluai la sous-préfète avec un sourire de résignation. Lorsque mon tour de danser avec elle arriva enfin, le gant était rendu à son état d'innocence ainsi que l'avait été le mouchoir. Qu'était devenu le billet à travers tous ses voyages ? je m'en doutais, mais il m'était impossible de le poursuivre davantage ; ce qu'il y avait de sûr c'est qu'il faisait son chemin.

Aucun autre incident digne d'être rapporté ne signala le reste du bal. Lorsque je rentrai dans ma chambre, je récapitulai mes observations de la journée, et je tins conseil sur ce qu'il me convenait de faire.

— Le poëte avait raison, dis-je en moi-même ; le sonnet à Marthe est en ce moment à son adresse, et mon ami Harmodius se voit menacé (sans s'en douter, le mari qu'il est !) de la plus humiliante catastrophe qu'un homme puisse subir. Quel est mon devoir en cette occurrence ? Interviendrai-je ?

Cette question n'était pas de celles qu'on peut résoudre *ex abrupto*, à quatre heures du matin et au sortir du bal ; je me couchai donc sans m'en préoccuper davantage, et en disant avec l'ancien :

— A demain les affaires !

V.

Ici je dois confesser un sentiment assez mauvais, que me fit éprouver, à mon réveil, la pensée de la catastrophe dont était menacé mon ami ; l'intérêt que je lui portais ne fut pas exempt de moquerie : toutefois, cette petite trahison se trouvait à demi justifiée par les antécédens de notre liaison, et n'était après tout qu'une revanche. A l'école de droit, Harmodius m'avait enlevé, avec toute la déloyauté imaginable, le cœur d'une belle personne qui, sans lui, me fût restée fidèle, peut-être ! La loi du talion légitimait donc de noires représailles auprès desquelles un sourire involontaire était la plus pardonnable des vengeances. Je me reprochai pourtant ce sourire ; je mis quelque grandeur d'âme à oublier mes griefs passés, et, pour être sûr de ne pas laisser influencer ma décision par les conseils d'une rancune partiale, je formulai, en termes généraux, la proposition que je m'étais promis de résoudre.

— Le dévoûment, qui nous fait mettre à la disposition d'un ami notre bourse, notre crédit, au besoin notre épée, nous impose-t-il aussi la loi de prévenir le malheur conjugal près de le frapper ? — Telle fut la question que je m'adressai, en me promenant dans ma chambre, où je m'étais enfermé, comme dans le cercle de Popilius ; question grave, ardue, propre à embarrasser les têtes les mieux organisées, les âmes les plus loyales, et à laquelle je finis par répondre affirmativement. Malgré l'autorité de Molière, qui prescrit de ne jamais mettre le doigt entre l'arbre et l'écorce, je décidai que l'amitié créait des obligations particulières ; qu'en toute adversité, matrimoniale ou autre, Pylade devait secours à Oreste ; ladite loi sans exception, sauf toutefois le cas unique où Pylade serait lui-même amoureux d'Hermione.

Après avoir ainsi défini et tracé le devoir de l'amitié, le droit que j'avais de prendre la défense d'Harmodius s'établissait de lui-même ; ce n'était plus là qu'une simple question d'intervention ; chacun le sait, en intrigue d'amour aussi bien qu'en politique, rien de plus élastique que les principes de ce droit ; rebelles et parfois funestes à ceux qui les appliquent maladroitement, ils obéissent à toute main puissante ou habile. Sganarelle et sa femme, battant de compagnie le voisin officieux qui veut les réconcilier, dégoûtent de l'intervention que rend attrayante, en revanche, le juge mangeant l'huître des plaideurs. L'essentiel, c'est d'être le plus fort et d'arriver à temps ; or, ma vanité m'empêchait de redouter la supériorité de monsieur Morisset, et mes observations préliminaires m'avaient appris que le débat était encore indécis.

Le droit et l'opportunité de l'intervention une fois reconnus, il restait à en déterminer le mode. Ici les difficultés se fussent compliquées pour une intelligence vulgaire, mais aux yeux d'un homme unissant à l'expérience de la vie quelque usage du monde, il n'y avait pas deux chemins à prendre. Avertir le mari, était un trait de femme de chambre congédiée ; s'adresser à l'amant, avait un caractère de donquichotisme par trop ridicule ; prêcher à l'épouse chancelante un sermon pathétique sur la foi conjugale, eût été fort beau sans doute ; mais, habitué à jouer en pareille rencontre ce qu'on appelle vulgairement le rôle de l'avocat du diable, je craignais de nuire par ma gaucherie à la cause que je voulais défendre. Un seul parti était à la fois prudent, habile et convenable. Pour protéger le mari contre les tentatives de l'amant, il fallait de toute nécessité faire la cour à la femme ; de cette manière, toutes les difficultés enfantées par une délicatesse trop scrupuleuse s'évanouissaient à la fois : amoureux de madame Dambergeac, j'avais le droit de tout lui dire ; rival de M. Morisset, je me mettais vis-à-vis de lui dans les conditions d'une concurrence loyale ; Harmodius, enfin, n'avait aucune raison de se plaindre, puisque c'était pour le défendre son drapeau que j'endossais l'uniforme ennemi : en toutes choses, la fin ne justifie-t-elle pas les moyens ?

Lorsque je descendis pour le déjeuner, mon parti était bien arrêté ; la sous-préfète avait un soupirant de plus. Le calme parfait de cette passion improvisée me permettait de ne faire aucune faute ; aussi, loin de compromettre mes chances de succès par ces génuflexions irréfléchies et anticipées, écueil des ames réellement éprises, je m'imposai d'abord une impénétrable réserve. Pendant trois jours entiers, j'observai avec une attention extrême et continue celle à qui je voulais plaire. Le quatrième jour, je jugeai mon étude complète, et en toute autre circonstance j'aurais cru pouvoir prendre l'offensive, mais ma position exceptionnelle me prescrivait un redoublement de mesure et de prudence. Décidé, dans l'héroïsme de mon cœur, à n'accepter aucune récompense de ma belle action, la vertueuse aridité de cette perspective jetait, malgré moi, quelque tiédeur sur mon dévoûment. En amour, il faut l'avouer, on combat pour le butin. N'ayant rien de tel à prétendre, je ressemblais aux gentilshommes de l'arrière-ban qui consentaient à servir gratis, mais pour un temps limité. En un mot, la campagne devant être à mes frais, je désirais qu'elle fût courte ; mes affaires, d'ailleurs, me rappelaient à Paris. Je crus, en conséquence, ne pouvoir trop méditer mon plan ; car le temps donné à la réflexion est presque toujours autant de gagné sur la durée de l'action.

Malgré ma confiance dans mon talent d'observateur, je n'ignorais pas qu'en pareille matière personne n'est infaillible, surtout quand le sujet d'étude est une femme. Mes calculs pouvaient être faux, quoique basés sur les probabilités ; je résolus donc d'appeler à mon aide les lumières de l'homme mieux placé pour savoir la vérité. Quoi qu'on puisse dire la cécité conjugale, un mari connaît toujours sa femme plus ou moins ; ses erreurs même sont utiles à consulter comme renseignemens. Bref, je ne me fis aucun scrupule d'interroger Harmodius sur un chapitre si délicat et de pratiquer à son égard une manœuvre hypocrite dont j'avais pu apprécier l'utilité dans des circonstances moins désintéressées.

Un jour, après dîner, nous nous promenions ensemble dans le jardin de la sous-préfecture, lui chanteronnant d'un ton de dépit, moi fumant un cigare. Je mentionne avec intention ces deux circonstances ; d'abord la mauvaise humeur est bavarde de sa nature, et j'avais attendu celle d'Harmodius pour provoquer ses confidences ; quant au cigare, je puis vous jurer, madame, que c'est là mon moindre défaut ; mais, sachant que madame Dambergeac l'avait interdit à son mari, je me l'étais imposé aussitôt par esprit de contradiction systématique. Les femmes ont toutes le goût des réformes, vous me l'avez avoué vous-même ; autant elles prisent peu, chez un soupirant, la perfection qui peut se passer de leurs conseils.

autant elles montrent une indulgence, voisine de la tendresse, pour les mauvaises habitudes qui, en se soumettant à leur contrôle, leur permettent de faire acte de suprématie. A mon avis, un homme prudent, fût-il plus régulier et plus irréprochable qu'une pensionnaire, doit toujours se ménager une demi-douzaine de petits vices de bonne compagnie, dont, en temps opportun, il puisse faire un holocauste devant l'autel de l'Amour ; car, et ceci est une règle sans exception, le sacrifice d'un défaut rapporte toujours plus que l'exercice d'une vertu. Je fumais donc comme un traban, quoique parfois les larmes m'en vinssent aux yeux, et dans ma fatuité j'avais déjà fixé le prix de la rançon que devait me payer Marthe pour l'abolition de mon cigare.

—Mon cher Harmodius, dis-je au sous-préfet en rompant le silence, tu as reçu sans doute bien des complimens au sujet de ton mariage ? Si je t'aimais moins, depuis longtemps j'aurais joint les miens aux félicitations banales dont on a dû t'étourdir ; mais tu connais ma franchise, j'ai voulu pouvoir te complimenter du cœur aussi bien que de la bouche, et pour cela je devais m'assurer par moi-même de la réalité de ton bonheur. Tu as dû remarquer que depuis mon arrivée j'étudiais attentivement ta femme ?

—Ah ! ah ! tu étudies ma femme ? dit Dambergeac du ton dont il eût pu me répondre si je lui avais parlé de l'empire des Birmans ou de la colonie du Guazacoalco.

—Oui, mon ami, répondis-je, j'ai observé madame Dambergeac avec le coup d'œil exigeant et presque sévère dont mon attachement pour toi me faisait un devoir. Je suis heureux de pouvoir te le dire aujourd'hui : ta femme me paraît une personne accomplie, et si j'avais l'intention de me marier, je ne pourrais me défendre d'une jalousie secrète ; je ne te parle pas de sa famille, de sa fortune, de sa position sociale en un mot ; tous ces avantages sont des faits patens qui n'exigent pas d'examen ; sa beauté même, quoique remarquable, n'est pas ce qui m'occupe ; louer une femme mariée parce qu'elle est belle, ce serait presque lui manquer de respect ; ce qui a conquis mon admiration, ce qui dicte mes éloges, c'est la distinction de ses manières, la grâce de son esprit, le charme de sa conversation, ce sont les qualités plus solides encore de son caractère ; autant que j'ai pu le découvrir pendant un séjour si court, elle a le cœur le plus généreux, l'âme la plus noble...

—Tu laisses éteindre ton cigare, me dit Harmodius en haussant imperceptiblement les épaules.

Cette observation et le geste dont elle fut accompagnée me prouvèrent que j'étais dans la bonne voie. On doit attaquer les femmes par leurs défauts ; pour connaître ceux de madame Dambergeac, j'avais raison d'insister sur ses qualités et de piquer par mes exagérations laudatives l'esprit de contradiction dont les maris ne sont pas plus exempts que les autres mortels.

—Mon cher Léopold, reprit le sous-préfet après un instant de silence, je vois avec plaisir que tu as conservé toutes les illusions du jeune âge. Pour toi les médailles n'ont pas de revers, les roses pas d'épines, les cieux pas de nuages, les femmes pas de caprices ! En vérité, j'envie ta candeur baptismale.

—Que veux-tu dire ? répondis-je en imprimant à ma physionomie l'innocence dont je me voyais ironiquement accusé.

—Écoute, reprit mon ami, malgré ta prétendue aversion pour le mariage, tu prendras femme un de ces jours, c'est moi qui te le prédis. Je faisais en l'honneur du célibat des prosopopées autrement éloquentes que les tiennes, et pourtant j'ai fini par passer le Rubicon. Ton tour viendra plus tôt que tu ne le crois peut-être. Il faut que mon expérience te profite. Je veux te mettre en garde contre cet engoûment irréfléchi auquel je te vois enclin. Le mariage, mon cher, n'est pas précisément le septième ciel, comme tu parais le croire.

—Comment ! me serais-je trompé ? madame Dambergeac...

—Madame Dambergeac, interrompit Harmodius, est une femme d'un rare mérite et je ne puis que m'applaudir de mon choix. Mais sache-le bien, les anges que tu rêves ne sont pas de ce monde. Marthe a ses imperfections, comme j'ai les miennes, comme nous avons tous les nôtres ; ses défauts sont légers, j'en conviens, mais enfin ils existent, et dans l'habitude de la vie les piqûres d'épingle reviennent plus souvent que les coups de poignard.

— Assez, dis-je, afin de l'engager à poursuivre ; je ne veux pas être mis dans la confidence de tes égratignures.

— Règle générale, reprit mon ami : si tu dois habiter la province, n'épouse pas une femme élevée à Paris ; quelle que soit la position que tu puisses lui offrir, tu ne parviendras jamais à détruire dans son esprit l'idée d'une existence plus agréable et plus brillante. Marthe s'ennuie ici, je le vois bien ; l'espèce d'importance que nous donne ma place ne suffit pas pour compenser le peu de ressources qu'offre à un esprit comme le sien la société d'une petite ville. Les femmes, vois-tu, ne ressemblent pas à César, qui aimait mieux, disait-il, être le premier dans une bourgade que le second à Rome ; je suir sûr que Marthe abdiquerait volontiers la royauté de C.... pour être la seconde à Paris.

— Je le crois comme toi, répondis-je en souriant ; mais un de ces jours tu seras nommé préfet, et alors madame Dambergeac trouvera un théâtre moins indigne d'elle ; cet ennui dont tu te plains et dont j'ai en effet remarqué quelques symptômes dans ses yeux n'est donc qu'un mal momentané.

— En second lieu, poursuivit Harmodius, si tu te maries, épouse une femme qui n'ait plus de mère. Le conseil a l'air féroce, mais crois-en mon expérience, tu te trouveras bien de le suivre. Un beau-père et un gendre s'accommodent assez facilement l'un de l'autre. Moi, par exemple, j'ai toujours bien vécu avec monsieur de Bercier. Pourvu que je lui tienne tête à table ou à la chasse, que je me laisse battre par lui au tric-trac et que j'écoute sans trop bâiller le récit des campagnes de l'armée de Condé, nous sommes les meilleurs amis du monde ; mais quant à madame de Bercier, je ne puis la comparer qu'à ces fées malfaisantes qui, dans les contes bleus, ensorcellent les princes nouveau-nés. Sous prétexte d'adorer sa fille, elle me déteste. Du reste, il paraît que c'est une maladie de belle-mère à peu près générale. Elle habite Pau, fort heureusement ; mais toutes les fois qu'elle vient ici, c'est une guerre sourde, continue, impitoyable, qui me rappelle la fable du lion et du moucheron ; je suis le lion, mon pauvre Léopold, le lion mis aux abois par un vieux moucheron enjuponné. Tu ne saurais te faire une idée des crimes que, sans m'en douter, je commets journellement, s'il faut t'en croire. Marthe a-t-elle l'air souffrant, ce n'est pas la faute de sa migraine, c'est ma faute ; je suis un mari grossier, je sacrifie un être frêle à mon égoïste brutalité ; et cependant si je t'avouais la réserve exemplaire à laquelle je me soumets par déférence pour la délicatesse de ma femme, tu te moquerais de moi et tu m'enverrais pour étrennes le calendrier des vieillards.

— Bah ! m'écriai-je, surpris d'un pareil aveu.

— C'est comme ça, répondit Harmodius, une demoiselle n'est pas une grisette : tu apprendras cela en te mariant. Autres griefs : d'abord je suis coupable d'être sous-préfet au service du gouvernement actuel ; puis, toujours à l'occasion de ma place, plus coupable encore de n'être que sous-préfet à trente ans ; coupable de n'avoir que deux chevaux et une seule voiture, coupable des impertinences dont nous abreuvent les hobereaux de mon arrondissement, coupable des cheminées qui fument dans l'appartement de ma belle-mère, coupable des poulets trop rôtis qu'on sert sur ma table, coupable des enfans que je n'ai pas, et Dieu sait si c'est ma faute ! coupable...

— Que t'importe ta belle-mère ? ta femme t'aime, et pourvu que tu n'aies pas de torts à ses yeux, le reste doit t'être indifférent.

— Sans doute ; malheureusement Marthe professe pour sa mère un respect et un attachement qui ne lui permettent jamais de me donner raison.

— La piété filiale est un sentiment fort louable, répondis-je gravement ; mais en cas d'exagération, il me semble que l'amour doit lui servir de contrepoids.

— Voilà où je t'attendais, dit Harmodius en hochant la tête ; avec ce grand mot d'amour tu crois avoir répondu à

tout ; une fois marié, tu verras qu'il ne prévient aucune des petites tracasseries qui peuvent survenir dans le meilleur des ménages. J'aime beaucoup Marthe ; elle-même, j'en suis certain, a pour moi un attachement véritable, mais entre cette affection mutuelle, fondée sur union légitime, et les passions extravagantes de la vie de garçon, il y a une différence qui ne peut être comprise que de ceux qui l'ont éprouvée. On n'aime pas sa femme comme sa maîtresse, retiens cela, Léopold, et l'on ne doit pas non plus attendre d'elle ces frénésies sentimentales qui mettent les grisettes au tombeau. Une jeune fille bien née et religieusement élevée inspire à celui qui l'épouse un respect d'où résulte nécessairement un peu de contrainte. Si j'étais à mon aise avec Marthe, comme je l'étais autrefois avec Léontine ou Euphrasie, par exemple, je lui dirais : Ma bonne amie, adore ta mère par correspondance tant qu'il te plaira, mais, je t'en prie, qu'elle ne vienne plus mettre sa griffe entre ta main et la mienne.

— Ainsi, par considération pour ta femme, tu n'oses pas lui dire ce que tu penses ?

— Pas toujours, répondit le prétendu tyran domestique.

L'annonce d'une visite interrompit notre conversation, mais j'en savais assez ; une confidence plus détaillée ne m'eût rien appris qui ne pût se deviner par induction ; car la position de monsieur et de madame Dambergeac se trouvait expliquée au moyen des antécédens que je venais d'entrevoir. Les crimes reprochés à mon ami par sa belle-mère étaient sans doute de misérables puérilités ; à mon avis il n'avait qu'un seul tort, mais fort grave et presque irréparable ; tort commun à un trop grand nombre de maris, pour que je ne m'y arrête pas un instant.

La mauvaise opinion des femmes est un préjugé qu'apportent presque toujours en présent de noce les futurs qui ont abusé des plaisirs peu choisis du célibat. Alors de deux choses l'une : ou ils enveloppent dans leur arrêt celle qu'ils épousent, ou par orgueil ils la mettent dans une catégorie à part. Il est de ces hommes à qui sont livrées de pures jeunes filles et qui jettent de la boue aux ailes de ces anges, impuissans qu'ils sont à les suivre dans la sphère d'une chaste passion ; d'autres, au contraire, déhaysés et mal à leur aise en face d'une femme vertueuse, creusent autour d'elle un fossé qu'ils n'osent franchir. Tous sont également inhabiles, car un mari ne corrompt sa femme ou ne la laisse indifférente qu'au profit d'un amant futur.

D'après ce qu'il venait de me dire et mes propres observations, Harmodius appartenait à la classe des époux trop réformés par le mariage. Depuis cette époque une préoccupation fixe comme l'idée d'un monomane lui avait dicté sa conduite. Une demoiselle n'est pas une grisette, s'était-il dit ; pour obéir à cet axiome aristocratique il avait placé Marthe sur un piédestal, ne comprenant pas, l'imprudent, que plus on élève une statue, plus elle s'éloigne de l'adorateur. Craignant de verser le char conjugal dans les ornières fleuries d'une passion malséante, il s'était prescrit une réserve rigoureuse, capable de dompter les entraînemens involontaires de sa nature énergique. Sa conduite passée comparée aux sages et pieuses habitudes de Marthe l'avait jeté dans un accès de pudibonderie sans pareil. Ainsi pris à la gorge par le sentiment de son indignité, il ne trouvait jamais sa main assez bien gantée pour caresser la blanche colombe que le ciel lui avait donnée en partage ; et, par respect pour sa femme, il osait à peine l'aimer. Le résultat d'un pareil jansénisme est facile à deviner. Madame Dambergeac accepta le respect et désira l'amour. Sans reconnaissance pour l'un, car elle y était habituée, elle eut trop d'orgueil pour prendre l'initiative de l'autre. Insensiblement, loin d'être flattée par la réserve de son mari et d'y voir un hommage rendu à sa propre vertu, elle s'en trouva blessée comme d'un outrage fait à sa beauté. A ses yeux Harmodius devint un homme froid, indifférent, insensible et sans chaleur dans l'imagination et sans tendresse dans le cœur. Sur le brasier rancuneux qui commençait à s'allumer dans l'esprit de la jeune femme, madame de Bercier avait versé largement cette liqueur aigre et corrosive qu'on pourrait appeler : huile de belle-mère. Puis enfin monsieur Morisset était survenu, au moment opportun, avec ses yeux langoureux, sa poésie compatissante, et voilà comment mon ami Harmodius était sur le point de devenir fort ridicule pour n'avoir pas compris que, demoiselle ou grisette, une femme ne trouve jamais rien de plus respectueux que l'amour.

VI.

Madame Dambergeac était une de ces femmes à caractère complexe, comme il s'en trouve beaucoup dans le monde, en province surtout. Ce n'était ni l'entraînement d'un cœur tendre, ni la fougue d'une organisation ardente, ni l'audace d'une âme corrompue qui l'avaient poussée vers ces sentiers dangereux où je la voyais prête à s'égarer; c'était je ne sais quel besoin d'une émotion, d'une intrigue, d'un péril peut-être qui vînt rompre la monotonie de son existence vide et ennuyée. Élevée à Paris, Marthe n'avait pas pu se résigner encore au séjour d'une petite ville enfouie aux pieds des Pyrénées, ni à la société aussi vulgaire qu'insipide qu'elle était obligée de recevoir. Révoltée en secret contre sa position et ne trouvant pas dans l'intérieur de son ménage ces consolations puissantes qui compensent tout, elle n'avait pas tardé à rendre son mari doublement responsable de son mécontentement féminin. Une fois lancée dans cette voie que lui avait ouverte l'humeur atrabilaire de madame de Bercier, elle y avait marché rapidement. Peu à peu, et à son insu, Harmodius s'était trouvé coupable d'une foule de torts le plus souvent imaginaires, mais par là même plus graves aux yeux de la jeune femme. Ce qu'il y avait de plus curieux, c'est qu'à force de se persuader qu'elle était malheureuse dans son mariage, mésalliée de cœur, incomprise en un mot, et c'était là le grand mot, madame Dambergeac avait fini par faire adopter cette opinion par la société où elle vivait. Chaque fois qu'elle entrait dans un des salons de C....., appuyée sur le bras d'Harmodius; elle si pâle, si mélancolique, si languissamment ployée; lui si gras, si frais, si athlétique; une compassion universelle accueillait l'ange frêle et souffrante, tandis qu'une réprobation non moins vive accusait le mari d'insensibilité à propos du vermillon de ses joues, et de despotisme en raison de sa prestance colossale. Au rebours de je ne sais quel personnage de Molière, Dambergeac payait l'intérêt de sa bonne mine : coupable, pour tout délit, d'une constitution vigoureuse, il semblait que sa santé fleurît aux dépens de celle de sa femme; criminel d'embonpoint au premier chef, il passait pour un Henri VIII en costume de préfet.

Le rêve le plus cher d'une femme qui, à tort ou à raison, se trouve malheureuse et incomprise, c'est de rencontrer un cœur qui la console, une intelligence qui la devine; je fus donc obligé de reconnaître qu'avec ses petits vers, ses regards mourans, son pathos doucereux, tout parfumé de mélancolie, de sympathie et autres violettes, le receveur des contributions avait suivi le bon chemin. Ordinairement il est d'habile politique de prendre le contre-pied du rival qu'on veut supplanter. En toute autre circonstance j'aurais cherché à écraser la passion pleurnicheuse de M. Aimé sous les feux redoublés d'une galanterie enjouée, élégante, cavalière, mais madame Dambergeac s'était tellement identifiée avec son rôle d'ange méconnu, ses habitudes de victime étaient si bien prises, qu'un amour vif et riant m'eût perdu d'abord dans son esprit; la plupart des femmes prétendent être amusées, celle-ci voulait avant tout être consolée.—Qu'à cela ne tienne, pensai-je : je la consolerai!

Par la force des choses, je me trouvai donc lancé, à la suite de M. Morisset, dans l'arène de l'amour élégiaque et mélancolique; pour me servir d'une comparaison de jockey dont il n'aurait pu s'offenser, puisque j'en prenais la moitié, mon rival avait l'avance et tenait la corde; mais grâce à la bonne opinion de moi-même qui me quitte rarement, j'espérais lui enlever l'un et l'autre de ces avantages. Voici les raisons sur lesquelles s'appuyait ma présomption.

M. Morisset était petit, gros et blond, trois défauts capitaux pour jouer le rôle de jeune premier sentimental; j'étais grand, au contraire; brun, et c'est la couleur passionnée par excellence; fort pâle, autre heureux hasard; suffisamment maigre pour faire croire à une âme dévorante, d'après la règle : la lame use le fourreau. De plus, j'ai dans la physionomie quelque chose de sérieux et de réfléchi qu'il ne tient qu'à moi de tourner en attendrissement profond ou en amère tristesse; je possède, quand je veux, la figure la plus désespérée qui se puisse imaginer; par une petite contraction dont je ne dirai pas le secret, j'amène à volonté sur mes joues une rougeur passagère, et, même dans les occasions solennelles, je sais verser jusqu'à trois larmes, ce qui est un terrible moyen de séduction auprès des femmes malheureuses. M. Morisset avait, il est vrai, plusieurs petits talens de société, mais j'ai les miens; il jouait de la clarinette, je joue du cor anglais, instrument bien autrement plaintif et insidieux; il faisait des vers : qui n'en fait pas? A dix-huit ans j'avais écrit une tragédie et trois chants d'un poème épique.

—Je n'ai qu'une seule chose à faire, me dis-je pour conclusion, c'est d'entonner la cantilène consolatrice que gazouille depuis un an ce beau ténébreux, et d'attaquer la tierce haute d'une si vigoureuse manière qu'on n'entende plus que moi; et sans plus tarder, je me mis à l'œuvre.

Demeurant à la sous-préfecture, voyant madame Dambergeac chaque jour, pour ainsi dire à toute heure, j'avais pour moi les chances les plus favorables, et je pouvais mettre dans mes démarches autant de suite que de gradations. Insensiblement l'insouciante amabilité que j'avais déployée les trois premiers jours se changea en une réserve pensive accompagnée de distractions et parfois de tristesse. Ma physionomie s'imprégnit d'une expression de plus en plus compatissante et pénétrée, ainsi que fait celle d'un homme qui assiste au plus douloureux spectacle. A l'affût des innocens délits que commettait Harmodius dans l'intérieur de son ménage, mes yeux à chacun d'eux cherchaient ceux de Marthe comme pour lui dire :

—Ange qui souffrez, je porte la moitié de votre croix.

L'irritabilité fantasque et souvent assez maussade de la jeune femme semblait avoir passé dans mon sang. Harmodius se permettait-il quelque jovialité d'un goût un peu vulgaire, je fronçais le sourcil en réponse à l'expression de pruderie dédaigneuse qui se peignait alors sur la figure de Marthe; faisait-il craquer le parquet sous son pas préfectoral, je sentais le même agacement nerveux qu'éprouvait Marthe; chantait-il, parlait-il, riait-il, en oubliant de mettre une sourdine à sa voix de basse profonde et cuivrée, je souffrais à l'estomac, ainsi que Marthe. Enfin, mon ami avait un chien appelé Médor, de mœurs aimables, mais négligé dans sa toilette comme le sont volontiers les griffons, et avec lequel j'aurais fait amitié en toute autre circonstance, nonobstant ses moustaches incultes; dès que je vis qu'il était dans la disgrâce de la sous-préfète, j'imposai silence à mon penchant, et chaque fois que le griffon venait me faire des avances, je les repoussais sans pitié.

—Sais-tu que tu es devenu furieusement petite-maîtresse? me disait Dambergeac, qui par-ci par-là s'apercevait de mon manège sans en deviner la cause.

—Encore une âme qui me comprend, encore un cœur qui sympathise avec le mien, se disait Marthe; et parfois cette pensée se trahissait dans ses yeux.

Quant à Morisset, qui venait souvent à la sous-préfecture, et que nous rencontrions toujours dans les maisons où m'avait présenté Dambergeac, il ne me disait plus rien; mais son silence même, son attitude raide et gourmée dès que nous étions en présence, l'air d'anxiété ou de courroux avec lequel il semblait épier alors mes démarches, me prouvaient assez qu'il savait à quoi s'en tenir, et qu'un rival est toujours plus clairvoyant qu'un mari. Au malheur d'être jaloux, le poète joignait le ridicule de parler de sa jalousie. Je faisais les frais de toutes ces conversations avec madame Dambergeac; au lieu de profiter d'occasions que je rendais de plus en plus rares par mes assiduités, il perdait un temps précieux en bouderies, en reproches, en importunités, en sottises de tout genre. Je n'avais garde de suivre cet exemple et de commettre de pareilles écoles. Je ne prononçais jamais son nom devant madame Dambergeac; on eût dit qu'à mes yeux il n'existait pas. Selon moi, un homme ne doit jamais parler à une femme que d'elle et de lui. J'entretenais Marthe d'elle-même exclusivement, jusqu'à ce que je pusse sans imprudence parler de moi ; j'attendais pour cela quelque crime notable d'Harmodius, afin d'avoir, à l'appui de ma déclaration, l'irritation nerveuse que sa femme éprouvait toujours en pareil cas. Une fois ma position de consolateur franchement abordée, j'étais décidé à en finir d'un seul coup avec la rivalité de M. Morisset. L'occasion que je désirais ne tarda pas à se présenter.

Un matin, trois semaines environ après mon arrivée à C..., j'entendis la voix d'Harmodius qui faisait retentir la salle à manger d'éclats inaccoutumés. Je me hâtai de descendre, et je trouvai mon ami dans un accès de franche et turbulente colère qui me rappela le caractère impétueux que je lui avais connu pendant notre cours de droit. A propos de je ne sais plus quelle réprimande administrative du préfet de son département, il maugréait à outrance, donnait le métier à tous les diables, et parlait d'aller souffleter le magistrat qui s'était permis de le blâmer. Au moment où j'entrai dans la chambre, Médor, qui avait voulu mettre les pattes sur les genoux de son maître en manière de consolation, venait de rouler sous la table, culbuté par un revers de main, sans doute imaginairement destiné à l'insolent suzerain. A mon tour, je voulus intervenir et faire entendre des paroles de calme et de raison, mais je fus réduit au silence par une phrase énergique, auprès de laquelle les gros mots de Vert-Vert eussent paru sucrés et collets montés. Jusque-là madame Dambergeac était restée immobile sur sa chaise, muette par dédain, et contemplant son mari avec l'impassibilité que cause une répugnance profonde ; à cette dernière apostrophe, qui en effet passait un peu les bornes que doit prescrire à l'emportement le plus vif la présence d'une femme, elle se leva sans dire un seul mot, et sortit de l'air d'une reine outragée. La furie de Dambergeac tomba subitement ; à son tour il se leva inquiet et confus ; il voulut courir après Marthe, mais par réflexion, il s'arrêta :

— La voilà fâchée, me dit-il, et nous en avons pour quinze jours ; car, malgré ses qualités excellentes, elle n'a aucune tolérance pour mes petites vivacités. Cependant, que diantre ! personne n'est parfait, et l'impertinence de ce stupide préfet ferait jurer un saint... Si j'essaie de lui parler, elle ne m'écoutera pas ; va la trouver, je t'en prie, et dis-lui... dis-lui tout ce que tu voudras, pourvu qu'elle ne boude pas et qu'elle quitte ses grands airs d'impératrice... Nous recevons ce soir, et je n'ai pas envie que toute la ville vienne fourrer le nez dans nos petites discussions de ménage.

Je descendis au jardin, où j'avais vu entrer madame Dambergeac ; je la trouvai sous un berceau de charmilles ; elle marchait lentement, inclinée et languissante comme la fleur que vient de frapper un orage. En entendant le bruit de mes pas, elle se retourna ; j'aperçus alors quelques larmes suspendues aux cils de ses paupières.

— Vous pleurez ! m'écriai-je avec un accent aussi pathétique que celui d'Orosmane.

Elle porta son mouchoir à ses yeux, et ensuite essaya de me montrer une figure souriante.

— Quelle idée devez-vous avoir de nous ? répondit-elle.

— De vous ou de lui ? demandai-je.

— De tous deux ; vous êtes moqueur, je le sais, et voici une bonne occasion de vous amuser à nos dépens. Quand vous serez retourné à Paris, vous ferez sans doute à vos amis de belles histoires sur tout ce que vous avez vu ici ; je voudrais bien être là pour entendre ce que vous direz de moi.

J'imprimai à ma physionomie l'expression la plus compatissante qu'il me fut possible d'imaginer, et jetant à la souspréfète un long et tendre regard qu'elle ne chercha pas à éviter, je répondis à demi-voix :

— Une femme jeune et belle, unissant les grâces de l'esprit aux qualités du cœur, enchaînée à un homme vulgaire, grossier, incapable de l'apprécier : c'est là une histoire bien simple, qui peut se raconter en deux mots.

Il m'avait paru plaisant de voler à mon rival la phrase pathétique qu'il m'avait débitée dans la diligence. Madame Dambergeac la trouva sans doute de bon aloi, car elle l'écouta sans sourciller et d'un air qui ne me défendait pas de poursuivre. Une fois lancé dans le pathos familier aux consolateurs de femmes affligées, l'improvisation était facile ; mon propre fonds de lieux communs me suffisait ; j'aurais parlé au besoin trois jours et trois nuits sans m'arrêter. Au lieu de remplir la mission dont Harmodius m'avait chargé, j'établis donc victorieusement, toujours dans son intérêt, premièrement, que ma belle interlocutrice était la plus méconnue et la plus infortunée des femmes, comme elle en était la plus ravissante ; double proposition qui fut admise sans contestation ; secondement, qu'un seul homme au monde était capable de comprendre cet assemblage unique de charmes, de séductions et de souffrance qui se nommait Marthe sur la terre, pour plus tard s'appeler ange dans les cieux : ici je nageais en plein Morisset, et mon éloquence risquait fort de passer pour un plagiat. Heureusement les femmes sont indulgentes pour qui les flatte ; elles accusent rarement de redites le miroir qui les montre belles, la voix qui les peint adorées. D'ailleurs, madame, ce jour-là, je parlai fort bien, je vous jure ; je brodai d'une foule d'agrémens d'un goût moderne un motif aussi usé que banal ; je fis scintiller comme diamans de la plus belle eau toute la verroterie romantique ; j'en défilai le chapelet dont je ne passai pas le plus petit *Ave*, ni le moindre *Pater* ; je récitai sympathie, attraction, union des cœurs, magnétisme, mysticisme, platonisme, swedenborgisme, passion idéale, angélique amitié, amour séraphique, âme jumelle, âme dépareillée, toute la litanie sans en manquer un mot. Il va sans dire que l'âme dépareillée était celle de Marthe, et la jumelle éprise de sa sœur, mon âme à moi, mon âme exaltée et dévorante, voyez-vous, qui depuis bientôt trente ans soupirait nuit et jour en demandant au ciel son autre moitié.

Madame Dambergeac s'était assise au commencement de mon discours, en femme résignée à l'écouter jusqu'au bout ; de temps en temps elle m'interrompait par une de ces observations railleuses dans la forme seulement, qui, au lieu de barrer la route, ouvrent des voies nouvelles à l'orateur ; malgré le démenti d'un sourire incrédule, son attention profonde me garantissait l'intérêt que lui inspirait mon hyperamphigourique phraséologie.

— Je ne vous crois pas, me dit-elle en répondant à ma théorie sur le dépareillement des âmes ; on n'éclôt point ainsi par couple. Ce sont là des chimères, des rêveries ! Mais, pourquoi ne pas l'avouer ? ces chimères me semblent douces, ces rêveries ne bercent que les cœurs élevés. Sans vouloir préoccuper mon esprit des miraculeux effets que vous attribuez à la sympathie, je ne puis nier certains de ces effets que j'ai éprouvés moi-même. Il est assurément des choses que l'on devine sans les voir, des personnes que l'on pressent avant de les rencontrer. Vous, par exemple, que je vois depuis si peu de temps, il me semble que je vous ai toujours connu.

— Connu ! répétai-je en moi-même ; mais autant ma pensée était irrespectueuse et triviale, autant mes paroles se produisirent humbles et châtiées :

— Puisqu'il en est ainsi, madame ; puisque vous comprenez si bien ce que j'exprime si mal, ne m'accorderez-vous pas les priviléges d'une liaison ancienne, et, de mon côté du moins, éternelle ?

— Mon amitié ! répondit Marthe sans me laisser achever et en promenant ses longs yeux bleus dans l'espace d'un air pensif et indécis.

— Me voilà sur la même ligne que M. Aimé, me dis-je tout bas. Cette pensée et le mot que venait de prononcer la jeune femme, m'inspirèrent soudainement l'à-propos le plus machiavélique :

Votre amitié, madame, ah ! c'est trop ou trop peu,

répondis-je avec l'accent d'un homme qui, comme autrefois Olinde, désire beaucoup, mais espère peu.

Madame Dambergeac tressaillit et me jeta un regard profond, tandis qu'une rougeur ardente s'étalait sur ses joues habituellement pâles.

— Ceci doit être l'heure dernière du Morisset, pensai-je ; et, reprenant avec une audace sans égale :

— Pardonnez-moi cette licence poétique ; vous le savez,

quand on a le malheur de faire des vers, on est malgré soi poursuivi par les réminiscences. Si votre regard ne m'eût pas arrêté, je vous aurais, je crois, récité tout un sonnet que je composai l'autre jour pour cet être prédestiné qui se dévoile dans nos rêves avant de se montrer à nous sous la forme vivante ; si je vous disais qu'il y a trois semaines, en venant à C...., et par conséquent avant de vous avoir jamais vue, mon imagination le douait, cet être désiré, de ces cheveux blonds, de ces yeux bleus, de cette pâleur de rose blanche, de toute cette physionomie suave et mélancolique que je contemple aujourd'hui, refuseriez-vous encore de croire aux pressentimens ?

— Dites-moi vos vers, répondit la jeune femme d'une voix sourde.

Sans hésiter, sans y changer un seul mot, je récitai le sonnet du receveur des contributions.

— Avez-vous lu cela à quelqu'un ? reprit madame Dambergeac dont la figure exprimait une stupéfaction qu'elle cherchait en vain à déguiser.

— A personne.... je me trompe ; je l'ai récité, je crois, à M. Morisset, qui était mon compagnon de voyage. Que dites-vous de la ressemblance de ce portrait peint par moi avant que j'aie vu le modèle ?

— Vos vers sont charmans, me rédondit Marthe d'une voix rapide et entrecoupée ; ils méritent la faveur qu'ils demandent.

— Et tirant de son fichu un petit papier, elle le mit dans ma main, se leva, s'enfuit, et disparut bientôt derrière les charmilles.

Stupéfait à mon tour du succès de ma fourberie, je restai un instant immobile, écoutant le frôlement de la robe à travers les feuilles, et doutant si je ne rêvais pas. Machinalement j'ouvris le papier resté dans ma main ; une boucle de cheveux s'offrit à ma vue ; une jolie boucle dorée, soyeuse, récemment coupée, et, selon toute apparence, destinée à l'auteur légitime du sonnet, qui l'attendait depuis près d'un mois.

— *Sic vos non vobis*, dis-je en me laissant tomber sur le banc avec une hilarité d'écolier. — Ah, messire *de* Morisset, vous serez habile si vous parez ce coup de Jarnac. Vous voilà convaincu d'avoir pillé mes vers ou de m'avoir fait le confident de votre amour ; un vol ou une indiscrétion au premier chef !

Je plaçai la boucle dans la poche de mon gilet du côté du cœur ; je crois même qu'auparavant je la baisai, non sans plaisir. Amour à part, les cheveux d'une jolie femme ont un charme réel et sont très doux aux lèvres. En rentrant, je trouvai Harmodius qui venait à ma rencontre.

— Merci de ton intervention, me dit-il, Marthe ne boude plus.

VII.

J'attendais avec impatience la scène qui ne pouvait manquer d'avoir lieu à la première entrevue de la sous préfète et de son poétique adorateur. Le soir même ma curiosité fut satisfaite. Les appartemens étaient remplis depuis longtemps lorsqu'on annonça M. *de* Morisset. Madame Dambergeac, qui depuis le commencement de la soirée avait tenu les yeux fixés sur la porte, donna la première à son Sigisbée l'occasion d'un entretien qu'ordinairement elle différait et qu'elle éludait parfois pour en mieux faire ressortir le prix ; par un de ces regards que comprennent les amans, elle l'autorisa à venir lui parler.

De l'angle du salon où j'étais assis, caché derrière le buste opulent de madame Capricard, qui passait pour la quinzième fois à l'écarté, je ne perdais aucun des mouvemens des interlocuteurs, et, sans l'entendre, je pouvais deviner leur dialogue, comme on comprend des yeux le sens d'une pantomime bien jouée. Sans laisser au poète le temps d'achever son salut, madame Dambergeac lui adressa une interpellation sans doute foudroyante, car il pâlit et s'appuya contre la cheminée comme s'il eût été près de se trouver mal. Tandis qu'il balbutiait une réponse que son émotion devait rendre inintelligible, la jeune femme y coupa court d'un seul mot, renfermant selon toute apparence un congé décisif, lui jeta un regard

aussi dédaigneux que despotique, s'approcha d'un groupe de dames assises en cercle au milieu du salon, et prit un fauteuil de l'air dont Junon devait monter sur son trône.

M. Morisset resta quelque temps le dos contre la cheminée, menaçant d'une catastrophe imminente la pendule et les candélabres qui y étaient posés, et rongeant ses gants l'un après l'autre. Tout à coup il secoua sa consternation par un violent effort sur lui-même, parcourut l'appartement d'un regard sombre et inquisiteur, et, m'ayant aperçu derrière le turban démesuré de madame Capricard, qui gagnait en ce moment sa seizième partie d'écarté, vint à moi par une marche en biais, comparable à la tortueuse manœuvre d'un serpent.

— Je désire vous parler, me dit-il d'un ton grave.

Je me levai, nous sortîmes du salon, et nous entrâmes dans la salle de billard, où nous pouvions causer dans l'embrasure d'une fenêtre, sans être écoutés ni dérangés.

— Monsieur de Cast, me dit le poète, en fixant sur moi ses gros yeux, plus saillans encore que de coutume, et qui, certes, m'auraient donné la mort, s'ils eussent pu darder l'effluve empoisonnée que lance la prunelle du crapaud, — il y a dans votre conduite envers moi une ruse, une rouerie, une noirceur diabolique que je ne peux deviner qu'à demi, car je ne suis pas sorcier ; il faut m'en donner l'explication ou m'en rendre raison.

— Explication, non ; raison, oui ; et quand vous voudrez, répondis-je.

— Demain, reprit M. Morisset d'un ton tragique.

— Demain soit ; mais vous penserez sans doute, ainsi que moi, qu'il convient de donner un prétexte quelconque à une rencontre qui, sans cette précaution, serait une bonne fortune pour la médisance.

— La réputation d'une coquette mérite-t-elle tant de soins ! Cependant, qu'à cela ne tienne ; le prétexte ne nous manquera pas. Allez vous mettre à l'écarté et jouez mal ; je me charge du reste.

— Jouer mal m'est facile, c'est mon habitude.

Sans autre discussion, je rentrai au salon ; madame Capricard venait de renvoyer son dix-septième partner ; je pris le siége vacant sur lequel aucun joueur n'osait plus s'asseoir, et, après avoir adressé à la victorieuse *notairesse* mon compliment sur le goût délicieux qui avait assorti sa robe vert-pomme, son turban ventre de biche et son écharpe ponceau, j'entamai la partie. Au même instant, M. Morisset s'installa derrière moi, et me prévint de sa présence, en jetant sur le tapis une pièce de vingt francs, qu'il pariait de mon côté. Je commençai par me donner le roi et la dame d'atout, que j'écartai aussitôt, en feignant de prendre du pique pour du trèfle.

— La vole ! clama madame Capricard.

— Lorsqu'on ne sait pas tenir ses cartes, on doit demander conseil, dit M. Morisset d'un ton sec.

Je me retournai.

— Je ne reçois pas de leçon, mais j'en donne quelquefois, répondis-je en le toisant du regard.

Le second coup, madame Capricard ne me donna pas un atout ; elle n'en donnait jamais. En revanche, j'avais brelan de sept ; je jetai gaillardement sur le tapis le neuf de carreau, ma meilleure carte.

— Le roi !... Vous avez joué sans proposer ; j'en marque deux... J'ai gagné, cria madame Capricard, enivrée de son dix-huitième triomphe, mais, pour la dix-huitième fois, désolée de n'avoir joué que dix sous par partie ; et, d'un tour de main, elle fit passer notre argent de son côté aussi prestement que si elle eût manié un rateau de roulette.

— Il est impossible de jouer d'une manière plus stupide, dit mon rival, d'un ton plus provoquant encore que la première fois.

— Il est impossible d'être plus impertinent, répondis-je, avec une aménité égale à la sienne, et en le regardant entre les deux sourcils.

Tout le monde avait les yeux sur nous ; personne ne disait mot ; Marthe, plus pâle encore que de coutume, semblait souffrir beaucoup, sans oser parler : c'est à moi seul que s'adressaient ses regards supplians, indice qui me prouva que près d'elle, du moins, ma partie était gagnée. Madame Capricard, qui me portait quelque intérêt, eût, je crois, consenti à perdre ses dix sous si elle eût pu prévenir à ce prix la querelle que chacun jugeait inévitable. La comédie jouée, M. Morisset sortit du salon, et j'allai faire l'agréable auprès d'un groupe de femmes. Un moment après, Harmodius me prit à part :

— A qui diantre en avez-vous tous deux? me dit-il d'un ton bourru. Je viens de laver la tête à Morisset. Une dispute au jeu! Qu'est-ce que cela signifie? Prenez-vous mon salon pour un tripot!

— Cela signifie, répondis-je, que j'échangerai demain une balle ou un coup d'épée avec monsieur le receveur. Je compte sur toi.

— Que la peste t'étouffe! je suis déjà en guerre avec mon préfet; il ne me manque plus que d'être le témoin d'un duel pour recevoir de sa main les étrivières au grand complet. Tu me laisseras arranger ça, n'est-ce pas?

Je répétai à Dambergeac les paroles qui avaient été prononcées de part et d'autre. Il se mordit les lèvres avec une mauvaise humeur croissante.

— Allons, dit-il, comme il vous plaira, coupez-vous la gorge. Puis avec un accent où perçait une sorte d'inquiétude, il reprit :

— Es-tu moins maladroit aujourd'hui que tu ne l'étais à l'Ecole de droit?

— Au pistolet, répondis-je, je suis à peu près sûr de toucher un éléphant à cinq pas; à l'épée je suis de la force de M. Jourdain : pourvu qu'on ne pousse pas en tierce avant de pousser en quarte, je ne crains rien.

— A merveille, dit Harmodius en sifflant tout bas, ce qu'il faisait chaque fois qu'il éprouvait une vive contrariété, j'ai été au tir et j'ai ferraillé avec Morisset; ton affaire est claire. Veux-tu que j'aille lui donner une paire de soufflets? après la scène qu'il s'est permise chez moi, ce serait assez naturel, et demain je passerais le premier.

Je pris la main d'Harmodius et la lui serrai sans rien répondre. En ce moment je fus tenté de rendre à madame Dambergeac la boucle de cheveux qu'elle m'avait donnée.

Mon ami voyant qu'une rencontre était nécessaire, décida qu'elle aurait lieu à l'épée et alla s'entendre à ce sujet avec M. Morisset. Le lendemain, à sept heures, nous étions sur le terrain. Sans aucune explication j'ôtai ma redingote, mon adversaire en fit autant et les témoins croisèrent nos deux lames. Le poète fondit aussitôt sur moi en me portant coup sur coup une demi-douzaine de bottes furibondes et fort variées, autant que je pus en juger dans la chaleur de l'action. J'évitai les premières tant bien que mal; à la dernière j'arrivai trop tard à la parade selon ma mauvaise habitude, et je reçus le coup dans le bras.

— Touché! cria Dambergeac, qui voyait que *j'avais du pire*, ainsi que dit César dans ses Commentaires.

— Touché! répétai-je, peu désireux de servir plus longtemps de plastron aux furieuses estocades du receveur des contributions.

M. Morisset essuya son épée avec son foulard, puis il rengaîna d'un air fort noble; Harmodius me banda le bras et nous rentrâmes à la ville par des chemins différens.

— Tu n'as heureusement qu'une égratignure, me dit le sous-préfet qui se connaissait en pareille matière.

— Je souffre passablement et je suis sûr d'avoir bientôt la fièvre, répondis-je, sans penser un mot de ce que je disais; mais j'avais mes raisons pour donner à ma blessure un caractère de gravité propre à me rendre intéressant.

En rentrant à la sous-préfecture, je m'installai politiquement dans ma chambre dont j'espérais faire désormais, grâce à ma défaite propice, le quartier-général de mes opérations. Mes prévisions ne furent pas trompées. Madame Dambergeac, amenée par son mari, ne tarda pas à venir me voir, afin de m'offrir ces soins féminins que rien ne saurait remplacer, et qu'autrefois les plus chastes châtelaines prodiguaient sans scrupule aux chevaliers blessés pour elles. Une affaire administrative ayant bientôt réclamé le sous-préfet, Marthe resta seule avec moi. Le trouble et l'émotion qu'avait comprimés la présence de son mari éclatèrent alors, peut-être en dépit

d'elle-même. Prenant la main que j'abandonnais sur le bras de mon fauteuil :

— Vous n'avez donc pas pensé à moi! me dit-elle, lorsque vous avez voulu vous battre?

— Mais au contraire, répondis-je en souriant; je crois que je me suis battu parce que je pensais à vous.

— Un duel où vous pouviez être tué, à propos d'une partie d'écarté, reprit-elle en se détournant pour me dérober une rougeur légère.

Nous étions devant une fenêtre; moi languissamment assis, elle debout à mon côté, et gardant ma main dans la sienne. En ce moment le pas d'un cheval se fit entendre dans la rue; madame Dambergeac le reconnut sans doute, car elle se pencha pour voir le cavalier qui passait; ayant imité ce mouvement, j'aperçus M. Morisset, trônant sur son coursier, avec une raideur majestueuse, digne d'un empereur romain; ses yeux dirigés vers nous brillaient d'un éclat martial, et à chaque mouvement de la monture, ses longs cheveux dansaient sur ses épaules comme s'agite la crinière d'un lion triomphant.

— Voilà mon vainqueur, dis-je avec humilité; il vient sans doute vous demander sa couronne.

Si tel était le but de la promenade belliqueuse de M. Morisset, il dut se convaincre à l'instant même que nous avions joué ensemble à qui perd gagne.

— Une couronne! répondit Marthe en donnant à ses paroles cet accent d'ironie que les femmes seules savent trouver, — ce serait dommage : elle cacherait le large front de poète que se fait M. Morisset à coups de rasoir.

— Est-ce aujourd'hui seulement que vous avez découvert la petite coquetterie de M. *de* Morisset? dis-je sans pouvoir m'empêcher de sourire.

— Peut-être. Mais vous, n'enviez-vous pas son teint de rose? Sans doute votre duel lui aura fait oublier le vinaigre qu'il boit, dit-on, pour se rendre pâle.

Le poète sembla deviner nos paroles, car en passant devant la fenêtre, ses yeux nous lancèrent un regard furieux, auquel je ripostai par un autre qui voulait dire : Tu m'as blessé, *mio caro*, mais en ce moment je te tue.

Madame Dambergeac, obéissant à l'instinct qui anime les femmes alors qu'elles n'aiment plus, compléta la catastrophe de son ancien adorateur par une pantomime aussi agréable pour moi qu'elle dut être cruelle pour lui. Aux yeux de mon rival, elle me prit la tête entre les deux mains, et l'appuya contre le dos du fauteuil, en employant une contrainte douce et gracieuse dans laquelle un témoin devait lire les soins attentifs de l'amour; puis, comme si cette victoire n'eût pas dû me suffire :

— J'ai prévenu mon mari, me dit-elle, qu'après la scène d'hier, je croyais ne plus devoir admettre chez moi ce monsieur; nous ne le recevrons plus.

— Le Morisset a vécu! m'écriai-je lorsque je fus seul, ainsi ma tâche est accomplie : Harmodius est sauvé. Maintenant il faut partir, et demain sans plus tarder. Madame Dambergeac a réellement les cheveux trop soyeux, les mains trop blanches, la voix trop douce, les yeux trop lents à fuir les miens : oui, je partirai! Encore ce sacrifice à ton autel, amitié sainte! et celui-là sera plus douloureux peut-être que ne l'est mon sang qui coule en ce moment pour toi.

VIII

Il est sans doute inutile de vous le dire, madame, après cette journée romanesque je ne pus fermer les yeux; mais ce qu'il me faut avouer, non pas sans confusion, c'est que ma blessure n'entra pas pour moitié dans mon insomnie. Plus cuisante encore que la douleur, une préoccupation imprévue fit de mon lit un brasier sur lequel je me retournai huit heures durant, sans trouver le côté du repos. Vainement j'appelai à mon secours mes narcotiques accoutumés; je multipliai deux chiffres par deux autres, ce qui est le plus prodigieux tour de force d'arithmétique qu'il me soit donné d'accomplir; je défilai la chronologie des rois de France depuis Pharamond, exercice mnémotechnique dont l'effet ordinaire est de me laisser profondément endormi au beau milieu des rois fainéans, mais que je conduisis cette fois en enrageant jusqu'à Louis-Philippe; enfin, ressource dernière, opium jusqu'alors infaillible, je récitai une ode de ma composition, dans le goût des Harmonies de Lamartine; j'eus un moment d'espoir promptement déçu; je bâillai, mais je ne dormis pas.

À la lueur de la veilleuse qui brûlait dans ma chambre, une vision obstinée voltigeait devant moi, semblable à ces papillons nocturnes qu'au clair de la lune l'œil entrevoit dans la pénombre. Cette apparition n'avait rien d'effrayant ni de funèbre, comme l'heure eût paru l'exiger; elle n'offrait pas non plus les monstruosités qu'enfante le délire de la fièvre; Hoffmann et Anna Radcliffe, ces grands experts en fantasmagorie, y eussent désiré sans doute plus de terreur ou d'extravagance. En un mot, ce n'était ni un fantôme ni un cauchemar; mais l'un ou l'autre eût mieux valu pour mon repos. C'était, déjà vous l'avez deviné, madame, une figure de femme, jeune et gracieuse comme la vôtre, un visage pâle et charmant couronné d'un diadème de cheveux blonds, appuyé sur des mains divinement blanches, comme pose sur ses deux ailes une tête de petit ange, et dont les yeux bleus restaient fixés sur les miens avec une ténacité si douce, que la tremblante lueur des étoiles est seule comparable à la mollesse de ce regard. Un autre eût remercié le ciel et donné son âme à ce songe doré; mon vœu de vertu me le fit repousser d'abord, comme s'il fût sorti de l'enfer, et m'inspira pendant quelque temps un courage digne de saint Antoine. Mais, ô fragilité! je dus bientôt me convaincre que la cour de Rome a raison de se montrer rigoureuse et pour ainsi dire inexorable sur le chapitre des canonisations. Il n'y a plus de saints, madame, de saintes, je ne dis pas! Pour moi, il le faut avouer, l'épreuve me trouva moins fort à la fin qu'au commencement. Malgré mes exorcismes, le séduisant démon restait à mon chevet en souriant d'un air moqueur; si je me retournais afin de ne plus le voir, il passait dans la ruelle; levais-je les yeux au ciel en implorant du secours, je l'apercevais bientôt coquettement drapé dans les rideaux et laissant tomber sur moi son regard plus pénétrant que jamais; enfin, pour me soustraire à cette fascination, essayais-je de fermer les paupières, il me semblait qu'un souffle magnétique les entr'ouvrait malgré moi, et la Proserpine de ma tentation, soudainement réduite à la taille de la reine Mab ou de la fée Urgande, venait se coller sur ma prunelle comme pour se faire admirer de plus près.

Ce rêve, ennemi de mon repos, cet ange sans pitié, ce démon souriant, ai-je besoin de vous le nommer, madame? C'était l'image de Marthe.

Après m'être longtemps débattu contre ma vision comme autrefois Jacob, je me sentis terrassé tout-à-coup, ainsi que l'avait été le patriarche; seulement, au lieu de me tordre le jarret, la main de mon surnaturel antagoniste me prit au cœur, et à la fin de la lutte je me trouvai, non pas boiteux, mais amoureux. Amoureux de la femme de mon ami!

À cette idée, j'entrai dans une profonde indignation contre moi-même.

— Eh quoi! me dis-je, une pareille déloyauté serait-elle possible! Tromper Harmodius! Trahir à la fois l'amitié et l'hospitalité!

L'amitié et l'hospitalité! Quand j'eus répété ces deux grands mots avec une sainte emphase, je leur donnai un corps, j'en fis deux êtres vivans pour les rendre plus forts contre moi; je les armai de glaives flamboyants et les mis en faction l'un vis-à-vis de l'autre, à la porte de l'Éden où, en dépit de moi-même, je brûlais de pénétrer. Mais à peine eus-je vertueusement posé ces deux sentinelles, en leur prescrivant pour consigne de me chasser sans pitié, qu'entre leurs faces rébarbatives je vis apparaître la douce figure de Marthe, dont les yeux bleus semblaient me dire:

— Entrez et ne craignez point leurs grands sabres qui ne coupent pas; entrez: ici est le paradis.

Alors je ne m'indignai plus contre moi, mais contre celle dont l'image tentatrice s'obstinait à me persécuter ainsi.

— Moi, Léopold de Cast, amoureux de cette beauté dolente, précieuse, sentimentale et incomprise! m'écriai-je avec dépit; d'abord, quand même elle ne serait pas la femme d'Harmo-

dius, c'est-à-dire sacrée pour moi, il me serait impossible de l'aimer. Qu'a-t-elle en effet pour plaire? Elle est blonde, couleur fade; en second lieu, elle a les yeux bleus et je n'ai jamais pu les souffrir; ensuite elle est pâle, et la pâleur ne sied qu'aux brunes. Je ne parle pas de l'expression habituelle de son visage, on dirait d'une colombe de mauvaise humeur; enfin elle se tient mal; elle affecte des poses languissantes ou maladives qui ne l'empêchent pas de déjeuner à la fourchette, et toutes ces mignardises mélancoliques me sont insupportables; et puis quelle prétention dans l'esprit, quelle afféterie dans les manières, quel jésuitisme dans le cœur! Aimer cette Araminthe de Gascogne! Bon pour monsieur Morisset, mais moi! Ce serait à ne pas oser reparaître à l'avant-scène de l'Opéra.

Lorsque j'eus tout dit, j'allumai une bougie et je pris sous mon oreiller la boucle de cheveux que madame Dambergeac m'avait donnée, décidé à faire de ce gage sentimental un autodafé symbolique et à brûler ainsi mon amour en effigie. Par je ne ne sais quelle nouvelle ruse du malin, le papier de soie s'ouvrit dans mes doigts et les cheveux tombèrent sur le lit. Malgré l'anathème dont je venais de frapper les blondes chevelures en général et celle de Marthe en particulier, l'échantillon que je possédais me parut d'une finesse, d'une douceur, d'une beauté merveilleuse. Pour le mieux voir je le mis sur la paume de ma main; sa spirale dorée sembla s'y rouler d'elle-même d'une manière toute mignonne et m'envoya, comme par caresse, une senteur si suave que je ne pus résister au désir de la respirer de plus près; mais ma main se trompa et ce fut ma bouche qui but le parfum.

— Au diable! m'écriai-je en jetant la boucle de cheveux au milieu de la chambre; je suis amoureux fou de cette femme, cela paraît certain. Que faire maintenant et comment sortir de là?

Alors s'établit en moi la lutte des deux principes qui, de toute éternité, se partagent le monde, selon les manichéens. Il me sembla qu'à mes oreilles se suspendaient simultanément, pendeloques étranges, deux anges, l'un blanc, l'autre noir, qui me parlaient tour à tour, chacun en sens contraire de sa couleur; car les paroles du blanc étaient sombres, celles du noir rayonnantes.

— Pars, me disait d'un ton austère la voix honnête; tu as vaincu ton rival, il faut te vaincre maintenant. Le plus noble triomphe auquel l'homme puisse aspirer est celui qu'il remporte sur lui-même, ainsi l'ont décidé toutes les religions et tous les philosophes. L'amitié qui te lie à Dambergeac est une fraternité volontaire. Après en avoir rempli les devoirs, de quel front oserais-tu les violer? — Puis le vertueux conseiller me coulait dans l'oreille les noms de Damon et de Pithias, d'Hippolyte et de Scipion l'Africain.

— Reste, clamait à son tour le mauvais génie; par quel niais scrupule, par quelle pruderie stupide refuserais-tu le trésor qui appelle ta main? On t'aime, tu dois aimer; ne pas comprendre une femme est plus qu'une faute, c'est une sottise.

— Déloyal! criait l'un.

— Imbécile! reprenait l'autre.

— Rappelle-toi le coup d'épée dont, à l'École de droit, Harmodius gratifia Mosbourg à ton intention, tandis que tu étais cloué dans ton lit par la fièvre.

— Rappelle-toi Caroline, dont Harmodius te déroba le cœur à l'occasion de cette même fièvre.

— Sois reconnaissant et paie ta dette.

— Sois homme et venge-toi.

Ainsi parlaient l'ange blanc et l'ange noir; mais, il faut l'avouer, les raisons du dernier acquéraient à chaque instant plus d'énergie à mesure que baissait la voix et, selon moi, la logique de son adversaire. En vérité, madame, je ne saurais vous dire où l'avocat du fruit défendu allait chercher ses argumens, tant ils arrivaient drus et abondans, captieux et subtils; sans doute ils lui étaient échus dans l'héritage de son grand-père le serpent. Insensiblement, l'oreille où prêchait ce maudit s'ouvrit plus grande que l'autre, émerveillée des choses éloquentes que peut contenir une mauvaise cause.

— Et pourquoi, dis-je à la fin, briderais-je mon désir par

un sot raffinement de délicatesse? Supposons Harmodius à ma place et moi à la sienne; certes, comme je le connais, il chercherait à m'enlever ma femme ainsi qu'il m'a déjà enlevé ma maîtresse. Alors ma probité n'est qu'une duperie.

Convaincu par ce dernier raisonnement, je me levai dans une détermination hostile et immorale propre à compromettre à jamais le bonheur domestique de mon ami. Un arrêt imprévu me retint sur la pente glissante; la première personne qui entra dans ma chambre pour s'informer de l'état de ma blessure fut Harmodius lui-même. En le voyant paraître, drapé en toute sérénité dans sa robe de chambre à ramages rouges et verts, un remords subit réveilla la vertueuse moitié de mon cœur.

— Non, je ne te demanderai pas dent pour dent et œil pour œil, dis-je en moi-même; sois absous de Caroline; demain je partirai sans que tu connaisses jamais le danger que tu as couru et la grâce que t'accorde mon amitié.

Lorsque Marthe vint me voir, j'étais décidé à lui apprendre ma résolution et à lui faire partager mon héroïsme. Après une demi-heure d'entretien, je ne sais comment cela se fit, ce fut elle qui se trouva assise dans mon fauteuil de malade, ce fut moi qui me trouvai devant elle, à genoux; je ne lui avais pas dit un seul mot de mon départ, je lui parlais, au contraire, de rester à jamais à C...., d'y vivre près d'elle, pour elle; en un mot de toutes ces folies qu'improvise la passion et qu'écoute la faiblesse. Au milieu d'une période de plus en plus coupable envers la sainte amitié que j'attestais un moment auparavant, j'entendis un bruit de pas presque imperceptible, venant de la chambre qui précédait la mienne. Mes yeux se portèrent aussitôt vers la porte placée en face de moi; au fond du trou de la serrure, qu'éclairait un large rayon de soleil, j'aperçus distinctement le plus effroyable objet que puisse découvrir un amant en tentative de *criminal conversation*, j'aperçus un œil. Je dois le dire, un frisson me courut par toutes les veines. Il me sembla que cet œil inconnu était un pistolet braqué contre nous, et que j'allais sentir sa balle dans mon cœur lorsqu'elle aurait eu traversé le corps de la jeune femme assise devant moi. L'excès du danger me donna la présence d'esprit dont j'avais besoin: sans me lever, sans changer de maintien, conservant au contraire la physionomie et le geste pathétique de l'homme qui sollicite et n'obtient pas, je dis tout bas à Marthe:

— Ne vous troublez point et conservez votre sang-froid; ne tournez pas la tête, ne regardez pas la porte; quelqu'un nous écoute, mais il n'a encore rien entendu. Je prends tout sur moi; traitez-moi durement; soyez la femme d'Harmodius.

Madame Dambergeac se leva avec la rapidité de l'éclair, étendit le bras vers moi par un geste souverain, arma ses yeux de leur plus majestueux regard et dit d'une voix haute et ferme:

— Monsieur de Cast, si je n'attribuais pas à la fièvre de votre blessure la folie de votre langage, je ne vous reverrais de ma vie; je veux bien oublier ce qui vient de se passer, à condition de ne plus oublier vous-même que je suis la femme de votre ami.

A ces mots, elle s'éloigna d'un pas aussi imposant que son langage; et moi, en voyant cet admirable sang-froid, ce sublime courage, je me sentis épris de cette femme plus que je ne me l'étais avoué jusqu'alors. Au moment où elle ouvrit la porte, j'aperçus Harmodius au milieu de l'autre chambre; lorsque sa femme passa devant lui, il lui prit la main qu'il porta à ses lèvres, puis il entra, referma la porte et s'assit près de moi.

— Quand espères-tu être guéri? me dit-il en me regardant avec attention.

— Dans huit jours, répondis-je froidement.

— Tant mieux: jusque là je te demande de ne chercher querelle à personne; lorsque tu pourras tenir un pistolet ou une épée, c'est à moi que tu auras affaire.

— A toi! dis-je en jouant l'étonnement.

— Tu es amoureux de ma femme, reprit Dambergeac, et tu cherches à la séduire. Une lettre m'a prévenu ce matin.

— Une lettre de monsieur Morisset....

— C'est possible, mais de lui ou d'un autre peu importe.

Je sais le cas que l'on doit faire d'une lettre sans signature, mais j'en crois un témoignage plus digne que celui-là; ce témoignage, c'est le mien. Je viens de te voir et de t'entendre, tout-à-l'heure, là, derrière cette porte; rends grâce au ciel de n'avoir pas réussi, car si je n'avais pas acquis par moi-même la preuve de l'innocence de Marthe, en ce moment vous ne vivriez plus ni l'un ni l'autre.

Pour donner plus d'autorité à ses paroles, Harmodius tira de sa poche un magnifique kandgiar d'un aspect impitoyable.

— Il est heureux que j'aie vu ton œil à temps, pensai-je; une minute plus tard, c'eût été une seconde édition de Françoise de Rimini.

— Harmodius, dis-je ensuite avec sang-froid, car mon thème était fait, tu sais tout, il serait donc inutile de te rien déguiser. Ta femme est jeune, belle, charmante; depuis quinze jours, je la vois à chaque instant; pour vivre ainsi près d'elle sans danger, il eût fallu être un saint et je suis un homme; tu l'as dit, je l'aime.

Dambergeac fit un mouvement; je l'arrêtai d'un geste, et je repris:—Je l'aime, mais je ne le lui aurais jamais dit, car je t'aime aussi, toi. Hier je voulais partir quoique souffrant et blessé. Aujourd'hui la fièvre a été plus forte que ma raison; un instant j'ai oublié notre amitié et j'ai été coupable envers toi; j'ai eu tort, pardonne-moi.

Harmodius refusa la main que je lui présentais.

— Tu devines bien, ajoutai-je, que je ne me battrai pas avec toi; je ne me défendrais point, et sans doute tu n'as pas envie de m'assassiner; tu es sûr de l'attachement et de la fidélité de madame Dambergeac, que te faut-il de plus? Crois-tu d'ailleurs que je veuille de nouveau m'exposer à être traité par elle comme je l'ai été aujourd'hui?

— Oui, on t'arrangeait assez mal à ce que j'ai vu, répondit Harmodius que désarmait en ce moment la vanité satisfaite; — il parait que tu as eu ton Waterloo.

— Complet et irréparable, répondis-je en souriant d'un air résigné; ainsi envoie-moi à Sainte-Hélène, mais ne me tue pas avec ton grand couteau.

Harmodius rit comme moi et prit ma main.

— Allons, dit-il, puisque tu es Napoléon, je serai Louis XVIII. — *Union et oubli!* — Mais si tu veux m'en croire, suis ta vertueuse détermination d'hier. Pars; tu reviendras nous voir quand tu seras raisonnable et guéri de ta passion... C'est qu'il faut en convenir, Marthe est aimable et jolie; à ta place j'aurais peut-être failli comme toi... quoique la femme ou la maîtresse d'un ami soient sacrées...

— Témoin Caroline, répondis-je en faisant allusion à mon ancienne mésaventure de l'Ecole de droit.

— Ah! oui, Caroline... Parbleu! j'avais oublié Caroline, s'écria Dambergeac, qui soudain éclata de son plus gros rire, en m'écrasant sans pitié de sa supériorité en fait de galanterie.

Ma blessure n'était rien; il fallait partir: mon séjour à C....., au lieu de servir mon ami, ne pouvait plus que compromettre son bonheur: la destinée de Marthe dépendait de ma raison. A plusieurs reprises, depuis la veille, ma détermination avait été bien arrêtée; en ce moment, j'éprouvais à l'exécuter un regret invincible. Je n'étais pas réellement amoureux, mais ma tête s'exaltait par les risques actuels de ma position. Il y avait là, sous ma main, un roman si bien commencé et qui promettait des scènes si pittoresques! Peut-être l'irritation soudaine que portent au cerveau, sinon au cœur, les obstacles et les périls inattendus, agit-elle alors sur l'esprit impressible de madame Dambergeac comme elle agissait sur moi-même. Le soir, au moment où j'étais loin d'attendre une pareille visite, la porte s'ouvrit, et la femme de mon ami entra dans ma chambre.

— Vous partez? me dit-elle d'une voix un peu tremblante.

— Demain, répondis-je avec une émotion égale à la sienne. Se fiant à la foi des traités, Harmodius avait diné en ville, et il passait sa soirée dehors. Je m'assis près de Marthe et pris sa main. La nuit tombait sans que nous la vissions venir; je me sentais troublé de plus en plus, et brûlé d'une autre fièvre que de celle de ma blessure. Elle était triste, et belle dans sa tristesse. Voyant que je ne lui disais plus mon amour, elle m'avouait le sien. Peut-être était-il vrai. En parlant de notre séparation, elle pleurait. Et nous étions seuls, et l'œil menaçant n'était plus là. Oh! sans doute un autre regard, un œil divin et tutélaire veillait sur nous, car en sortant de cette chambre tentatrice, Marthe put embrasser son mari sans rougir, je pus serrer sans remords la main d'Harmodius.

Quelques jours après, je partis; un mois plus tard, M. Morisset, piqué sans doute de sa déconvenue, sollicita son changement et quitta C..... pour une autre résidence. Un an s'est écoulé depuis ce temps; je n'ai pas revu madame Dambergeac, peut-être ne la reverrai-je jamais. Nous nous écrivons à l'insu d'Harmodius, qui s'offenserait sans doute de cette correspondance; il ne comprendrait pas, l'époux rancuneux et inintelligent, l'inappréciable service que lui rend mon amitié sous une apparence déloyale. Mes lettres, si matériellement innocentes, sont, depuis un an, la sauve-garde de Marthe, et la protégent contre les dangers nouveaux qu'elle peut courir, mieux que ne saurait le faire la surveillance de son mari; elles jettent dans sa vie oisive une distraction, une attente, un intérêt qui l'empêchent de demander à de plus périlleux attachemens les émotions dont les femmes sont avides. Peut-être notre petit péché en détournera-t-il un bien plus grand; peut-être, sans cette minime effraction de sa cage, par où elle peut passer en dehors la tête seulement, la colombe qui se croit esclave finirait-elle par en briser les barreaux. Mes lettres, d'ailleurs, ont pour Marthe plus d'un genre d'intérêt; indépendamment des pâles violettes de l'amour malheureux que j'y sème avec profusion, je butine pour *mon amie* ces fleurs parisiennes, toujours avidement respirées par une exilée en province. Je lui parle des livres qu'elle doit lire, des étoffes nouvelles, des petites médisances de salon, hier de *Guillaume Tell,* demain de *I Puritani,* par où débute ce soir l'opéra italien; mes lettres sont à la fois un feuilleton, un bulletin de modes, quelquefois un premier Paris, un journal complet enfin; c'est quatre-vingts francs par an qu'économise Harmodius, et dont sans doute il ne m'aurait aucune reconnaissance.

Voilà, madame, la belle action dont je voulais vous entretenir. Maintenant, lorsqu'il m'arrivera de parler de mon mérite en termes respectueux, sourirez-vous encore? De grâce, applaudissez-moi un peu; que ce soit là ma récompense, car je n'en ai pas eu d'autre, et cela me décourage. Oui, souvent, en songeant à mon héroïsme qui restera toujours sans louange ni salaire, et surtout lorsque je me rappelle les blanches mains de Marthe, prisonnières dans les miennes pendant tout un long soir d'automne, j'éprouve un sentiment blâmable peut-être, mais que je veux avouer, car ceci est une confession générale; j'éprouve, vous le dirai-je, madame?... le repentir de ma vertu.

FIN DE L'ACTE DE VERTU.

LA PEINE DU TALION.

I.

Vers le milieu du mois de décembre 1828, madame d'Argenest, une des femmes les plus élégantes de la Chaussée-d'Antin, recevait pour la première fois depuis son retour de la campagne. Décrire la physionomie d'une soirée parisienne n'entre pas dans le plan de cette étude ; nous négligerons donc les traits communs à toutes les réunions du même genre pour appeler l'attention sur un seul épisode du tableau : c'était une scène expressive, quoique muette, jouée par deux personnages, d'un bout du salon à l'autre ; un de ces drames imprudens qui, dans la confusion d'un raout, échappent aux observateurs superficiels, mais que dépistent, avec une infaillible perspicacité, les vieilles filles, les demoiselles bossues, les dames qui ne sont pas belles, celles-là surtout qui l'ont été, en un mot toutes les femmes mises à la réforme par la passion, et, par conséquent, embrigadées dans la gendarmerie de la vertu.

Le premier acteur de cette mystérieuse pantomime était un homme d'une trentaine d'années, dont l'air sérieux et les traits énergiques contrastaient avec l'enjoûment officiel de ses voisins. Debout près d'une table d'écarté, ses yeux, au lieu de suivre les chances de la partie, restaient invariablement fixés sur la glace de la cheminée ; on eût pu croire qu'il éprouvait, à y savourer son image, le plaisir dont Narcisse mourut, si la pensive gravité de sa physionomie n'eût démenti une fatuité que la position diagonale de la glace rendait d'ailleurs impraticable. Évidemment il ne pouvait se voir, mais, en revanche, il apercevait les personnes placées dans l'autre partie du salon, et dont les moindres mouvemens lui étaient révélés sans qu'il eût besoin de tourner la tête de leur côté.

On regarde un homme en face, on ne regarde guère une femme laide ou une matrone ; il est donc facile de deviner quel devait être l'objet de cette contemplation semblable à un espionnage : c'était en effet une jeune et belle personne qui occupait ainsi l'attention de l'observateur. Par un séduisant contraste, ses traits peu caractérisés appartenaient encore à l'adolescence, tandis que sa physionomie rayonnait des lueurs d'une maturité précoce ; elle avait un visage de demoiselle, mais des yeux de dame. Hasard ou intelligente harmonie, sa mise reproduisait ce caractère complexe. Une robe de velours noir, qui trahissait les récentes somptuosités de la corbeille de mariage, faisait ressortir de blonds cheveux arrangés en bandeau avec une ingénue simplicité, tradition du pensionnat. Enfin, elle portait une parure de perles qu'on eût pu prendre pour un emblème, car la perle semble créée pour remplacer les boutons de l'oranger ; elle est le symbole de la jeune fille changée en femme ; la perle, c'est la fleur qui se fait diamant.

Assise au centre d'un cercle éblouissant de luxe et d'élégance, cette créature charmante paraissait isolée dans sa grâce comme l'est une reine dans sa majesté. Toutefois, malgré le calme de sa pose, un nuage fixé sur sur son front démentait cette sérénité royale : indifférente à la conversation de ses voisines, elle accueillait d'un air distrait et parfois avec une impatience mal déguisée les complimens des hommes empressés de la saluer. A chaque instant, elle tombait dans une rêverie involontaire et s'affaissait sur son fauteuil, comme si elle eût ployé sous la pression d'une de ces pensées dont

malgré sa souffrance, le cœur chérit la tyrannie. Son regard, quelquefois, peut-être en dépit d'elle-même, se portait vers la glace de la cheminée ; mais en y rencontrant l'œil tenace et perçant qui étincelait dans le cristal comme brille à fleur d'eau la prunelle d'un serpent, il se détournait aussitôt. Un indéfinissable mélange d'impatience, de malaise et de crainte, assombrissait alors l'expression mélancolique de son visage ; puis, attirée de nouveau par je ne sais quel charme, elle revenait se blesser à ce regard immuable qui, à travers tous les groupes ondoyant dans le salon, la poursuivait, comme dans un vol d'oiseaux le fusil d'un chasseur choisit la victime qu'il veut abattre.

Depuis quelques instans, la jeune femme, insensiblement subjuguée, ne cherchait plus à se débattre. Le dépit, l'inquiétude, le mécontentement, toutes les brumes de l'âme qui avaient jusqu'alors obscurci sa physionomie, s'étaient successivement fondues sous cette ardente contemplation, comme s'évapore un brouillard d'automne aux rayons du soleil. Ses yeux, d'un bleu sombre et velouté, fixés à leur tour sur la glace tentatrice, trahissaient de plus en plus un de ces secrets que la médisance des salons est toujours prête à déflorer sans pudeur ni pitié. Heureusement un incident inattendu mit fin à cette scène dont l'imprudence touchait au danger.

— Il me manque vingt francs, dit en ce moment un jeune homme blond et fort élégant assis à la table d'écarté ; Sordeuil pariez-vous vingt francs pour moi ?

A cette interpellation, le personnage au regard magnétique tressaillit, comme un rêveur brusquement éveillé ; au lieu de répondre, il s'approcha de la table, jeta une pièce d'or sur le tapis et vint reprendre son poste d'observation. Dans ce mouvement, il heurta, sans le vouloir, un nouvel arrivant qui cherchait à fendre la foule pour aller saluer la maîtresse de la maison. Les deux hommes se retournèrent en même temps pour s'adresser des excuses ; mais, en se trouvant face à face, la politesse banale empreinte sur leurs physionomies fit place à un étonnement réciproque qui, d'un côté, devint aussitôt un rayonnement de joie, et se changea, de l'autre, en une expression de contrariété non moins vive.

— George, s'écria le jeune homme qui venait d'entrer, toi, ici ! à Paris ! Et, sans achever sa phrase, il s'avança vivement, les bras ouverts.

Sordeuil réprima cet oubli de l'étiquette en saisissant à la fois les deux mains de son interlocuteur ; puis, se penchant vers lui, il dit rapidement d'une voix basse :

— Je ne m'appelle plus George Trélan, mais George de Sordeuil ; tu n'es pas mon frère, nous ne nous sommes jamais vus.

— Je ne suis pas ton frère ! répondit le plus jeune que ces paroles rendirent immobile ; que veux-tu dire ?

— Rien, en ce moment. Quitte-moi, je le veux, Léopold, et souviens-toi qu'ici tu ne me connais pas.

— Quel mystère ?

— Un mystère de mort ; demain tu sauras tout ; voilà mon adresse. Demain à une heure. Maintenant ne me parle plus et va-t'en.

Sordeuil glissa une carte dans la main de son frère en la lui serrant avec une impérieuse énergie, et il lui tourna le dos. Ce mouvement le mit en face du jeune homme blond qui venait de lui faire parier et perdre vingt francs à l'écarté.

— Comment, dit celui-ci d'un ton enjoué, une discussion pour un coup de coude au milieu de cette cohue, des adresses échangées! Avez-vous perdu la tête? Allons, mon cher Sordeuil, et vous, Trélan, calmez votre humeur belliqueuse, et permettez que je vous présente l'un à l'autre.

— Vous vous trompez, d'Épernoz, répondit le frère aîné en imposant silence à Léopold par un signe expressif; il ne s'agit pas ici d'une querelle, mais d'une reconnaissance. J'ai rencontré quelquefois dans le monde M. Trélan.

— Un cœur d'Amadis sous un frac d'étudiant en droit! reprit le joueur avec une emphase ironique; puisque nous sommes en paix, permettez-moi, vertueux Léopold, de faire une confidence au pécheur que voici. Mes paroles pourraient blesser votre candeur de dix-huit ans.

— Au revoir, monsieur Trélan, dit Sordeuil en jetant à son frère un regard qui lui prescrivait de s'éloigner.

Soumis à cet ascendant de l'âge qui survivra toujours au droit d'aînesse, ou peut-être subissant l'influence du secret dont il attendait la révélation, car tout mystère est un pouvoir, Léopold s'éloigna en silence; mais, à défaut du pouvoir, ses traits, où brillaient la franchise et l'ardeur de la première jeunesse, exprimèrent l'émotion que lui avait causée cette rencontre inattendue.

— Maintenant que le lycéen est parti, reprit d'Épernoz, voici ce dont il s'agit. D'abord pardonnez-moi d'avoir perdu votre argent; je suis d'autant plus coupable, que je n'ai pas employé tout mon talent à le défendre. Mais voilà une demi-heure qu'un bonheur odieux me cloue à cette table de jeu, et j'ai affaire ailleurs; mon gros Othello vient d'arriver.

— Monsieur Javerval?

— Lui-même. Le voilà qui salue madame d'Argenest, là, près de la cheminée.

Au premier coup d'œil, le personnage désigné par d'Épernoz n'avait rien qui justifiât le nom tragique dont il se trouvait affublé. C'était un de ces beaux gros messieurs de quarante-cinq ans, à mine somptueuse et à tournure prépondérante, dont le mérite, méconnu des femmes du monde, est en revanche fort apprécié des danseuses. Le col, captif d'un carcan de mousseline trois fois empesée, l'abdomen embreloqué d'une demi-douzaine de cachets de montre cliquetant à chaque pas comme les sonnettes d'une mule, il florissait dans un habit noir tout neuf, dont les basques écartées par un embonpoint irrespectueux, tandis qu'il s'inclinait devant la maîtresse de la maison, lui donnait l'air d'un énorme scarabée, entr'ouvrant les ailes pour prendre son vol.

— Avez-vous remarqué l'épingle de son jabot? demanda le joueur à son ami.

— C'est un rubis, si je ne me trompe, répondit celui-ci.

— A merveille! et que pensez-vous de ce rubis?

— Je ne suis pas joaillier, dit Sordeuil avec une impatience mal déguisée.

— Je le sais; mais, d'après l'expression sournoise qu'a parfois votre regard, je vous croyais observateur. Eh bien! mon cher confident, je vais aider votre sagacité. Le rubis de ce bourgeois signifie qu'en ce moment sa femme est à l'Opéra où elle m'attend.

— En vérité! s'écria Georges dont la curiosité et l'intérêt parurent subitement éveillés.

— Puisque j'ai commencé, autant vaut tout vous dire; d'ailleurs j'ai besoin de vous. Sachez donc que cet homme replet est outrageusement jaloux, comme tous les hommes replets. Il va toujours furetant dans l'appartement de sa femme; il fouille les tiroirs, il ouvre les lettres, il compte, je crois, les feuillets de papier à l'instar de Bartholo. Bref, cela crie vengeance, et je suis le vengeur. Mais l'espionnage marital rendant les intelligences difficiles, j'ai dû aviser à un moyen de communication prudent et commode. Or, mons Javerval, dont le grand père était bijoutier, possède, pour sa décoration personnelle, une collection de pierreries à rendre jalouse une duchesse douairière. L'épouse opprimée m'en a donné la liste, dont j'ai composé une espèce de lexique, imité des fleurs persannes et des quipos indiens; dans cet idiome symbolique et hiéroglyphique, chaque pierre a son sens, chaque camée sa signification. Depuis qu'elle me distingue, madame Javerval

préside elle-même à l'encravatement de son époux, qui se trouve ainsi l'agent de notre correspondance. Je vous assure que ce système est fort bon. Au lieu de perdre du temps et de commettre des imprudences en poursuivant la dame de mes pensées, je n'ai d'autre peine que d'attendre à la Bourse le mari, qui, chaque jour, a la complaisance de m'apporter à son cou un message de sa femme. Il est notre pigeon voyageur.

— Oh! vous êtes un séducteur habile! dit Sordeuil avec un sourire contraint.

— Mon cher, vous pouvez en croire mon expérience, car, étant marié maintenant, j'ai étudié la question sous ses deux faces. Si vous avez affaire à un mari, pas de lutte, mais exploitation toute pacifique. Il n'y a que les sots qui guerroient; l'homme d'esprit ne combat pas son ennemi, il l'utilise. Maintenant, voulez-vous me rendre un service?

— Parlez.

— Je vais à l'Opéra porter la réponse au rubis. Il faudrait que vous eussiez la complaisance d'accompagner ma mère e ma femme lorsqu'elles voudront partir.

— Ne suis-je pas tout à vous, mon cher Henri? répondit George avec empressement.

— Eh bien! venez; que je vous fasse reconnaître en qualité de cavalier servant; surtout quand je mentirai ne me trahissez pas. Ma femme est trop jolie pour ne pas avoir droit à des égards, et je serais désolé qu'elle soupçonnât mes énormités. Depuis quelque temps sa froideur m'a fait faire plus d'une réflexion sérieuse et morale. Il est certain qu'elle est cent fois mieux que madame Javerval, et souvent je me sens l'envie de devenir le plus exemplaire des époux, mais comment résister au plaisir de ridiculiser ce gros homme qui m'a fait perdre cinquante mille francs à la Bourse?

— La vengeance! elle justifie tout, dit Sordeuil d'un ton grave.

— Vous accentuez ce mot-là d'une manière un peu corse, répondit en riant d'Épernoz; pour moi, je ne comprends que la vengeance parisienne.

A ces mots, l'époux infidèle prit le bras de son confident et traversa le salon en se dirigeant vers la jeune femme qui, un moment auparavant, avait entretenu un colloque mystérieux avec ce dernier, au moyen de la glace de la cheminée.

II.

En voyant approcher son mari, accompagné de l'homme dont le regard semblait posséder sur elle une puissance inexplicable, madame d'Épernoz éprouva un malaise que trahit aussitôt sa contenance; elle regarda d'un autre côté en adressant la parole à une de ses voisines; puis, sans attendre la réponse, se redressa sur son fauteuil et respira à plusieurs reprises un flacon suspendu à son bracelet, comme si elle se fût préparée à une crise imminente. Les deux hommes arrivèrent jusqu'à elle sans qu'elle parût les avoir aperçus; à la voix de son mari, elle tourna la tête, sourit avec calme et répondit au salut de Sordeuil en affectant l'air froid et distrait par lequel les femmes cherchent à se débarrasser d'un indifférent ou d'un importun.

— Ma chère Clémence, lui dit d'Épernoz d'un ton gracieux, on vient de me prévenir qu'il y a ce soir une réunion des actionnaires du bazar. Il est nécessaire que j'y assiste pour veiller à nos intérêts, car il est question d'une mesure dont l'adoption me contrarierait beaucoup. J'y vais donc aller. Si l'assemblée se prolonge trop pour que je puisse revenir, voici monsieur de Sordeuil qui, en vrai chevalier français, se met à tes ordres et à ceux de ma mère; je lui confie mes pleins pouvoirs.

— Si vous êtes obligé de partir, répondit la jeune femme avec vivacité, nous en allons faire autant; je ne tiens nullement à rester ici.

— Songe que ma mère a commencé son whist; l'arracher à sa partie serait attenter à la piété filiale; d'ailleurs, continuat-il en s'appuyant sur le dos du fauteuil, il y a là trois ou quatre femmes qui seraient trop contentes si tu partais.

Clémence accueillit ce compliment par un sourire dont le

dédain pouvait s'appliquer également à la galanterie de son mari et à la jalousie de ses rivales ; puis, prenant brusquement son parti, mais selon l'usage des femmes, habile à en décliner la responsabilité :

— Puisque vous le voulez, je resterai, dit-elle.

— En vérité, madame, reprit d'Épernoz en souriant, ne dirait-on pas que je vous impose le plus cruel des sacrifices ? est-il donc si pénible de régner ?

D'un geste circulaire, qui rappelait le maréchal de Villeroy disant à Louis XV enfant : Sire, tout ce peuple est à vous, le jeune homme montra à sa femme la brillante réunion dont ils j taient entourés et qu'il semblait mettre à ses pieds par cette muette flatterie. Il se pencha ensuite vers elle, lui murmura à l'oreille un tendre adieu, effeuilla, en un mot, à ses genoux toutes les fleurs hypocrites dont un mari de bonne compagnie a toujours l'attention de couvrir ses infidélités, et, la conscience tranquillisée par la conviction de n'avoir manqué à aucune des règles du savoir-vivre, il se disposa à partir. En se redressant, son dos heurta le nez d'un gros monsieur qui commençait une fort belle révérence.

— Mille pardons, mon cher Javerval, s'écria le jeune homme, je ne vous voyais pas ; c'est cette superbe escarboucle que vous avez à votre jabot qui m'a ébloui.

— Madame, j'ai bien l'honneur... Toujours belle comme un ange, dit le banquier en recommençant son salut ; puis, offrant une main à son déloyal confrère, tandis qu'il rangeait de l'autre les plis de son jabot pour mettre en évidence son épingle : c'est un assez joli petit rubis, reprit-il ; mais j'ai des pierres beaucoup plus belles. Je voulais mettre aujourd'hui un camée en onix, qui représente l'apothéose de Germanicus ; un morceau rare, vrai antique ! mais madame Javerval m'a dit : Pourquoi ne mettez-vous pas votre rubis ? et j'ai obtempéré à ce désir ; car, poursuivit-il en s'adressant galamment à madame d'Epernoz, un mari doit être le premier esclave de sa femme.

D'Épernoz serra la main du gros homme avec un sérieux admirable, prit congé de Clémence par un dernier sourire, et partit pour son rendez-vous, après avoir jeté à son confident un de ces regards diaboliques, qu'échangeaient au passage les augures de Rome. Plusieurs femmes s'étant levées pendant ce dialogue, un fauteuil se trouvait vacant près de là ; tandis que monsieur Javerval, suant sang et eau afin de sortir d'un compliment où s'était engravée son amabilité, allongeait le bras pour en prendre possession, Sordeuil, jusqu'alors témoin muet de tout ce qui s'était passé, s'en empara, et s'assit à côté de madame d'Épernoz, en homme décidé à maintenir les droits du sigisbéisme qui venait de lui être conféré. Le banquier fronça le sourcil sans rien dire, et chercha de l'œil un autre siége. La jeune femme ne se serait peut-être pas avoué qu'en ce moment un tiers lui semblait de trop ; mais sa pensée secrète se trahit malgré elle.

— N'allez-vous pas aussi à l'assemblée des actionnaires du bazar ? demanda-t-elle à l'homme au rubis.

— Quelle assemblée, madame ? répondit celui-ci en ouvrant de gros yeux.

Involontairement Clémence regarda son voisin, qui ne répondit à cette interrogation que par un sourire ironique.

— Il n'y a jamais de réunion le soir, reprit monsieur Javerval ; on vous a fait là un conte, madame.

— Cela est possible, dit froidement Sordeuil ; mais ce qui n'est pas un conte, c'est la faillite de la maison Oberlin de Bruxelles.

— Les Oberlin ont manqué ! s'écria le banquier en écarquillant de nouveau ses yeux effarés.

— On ne parle que de cela dans l'autre salon.

— Madame, voulez-vous bien permettre ?... Sans chercher cette fois à terminer sa phrase ni sa révérence, monsieur Javerval se rua à travers les groupes qui le séparaient de l'autre pièce, comme se lance dans un taillis le sanglier qui entend siffler une balle à son oreille.

En toute autre circonstance, madame d'Épernoz n'eût pas refusé un sourire à l'habileté de son sigisbée et à la déroute de l'importun, mais l'émotion mystérieuse qu'elle éprouvait depuis le commencement de la soirée étouffa toute étincelle de gaîté. Jouant avec son éventail, les yeux fixes, mais ne regardant rien, insouciante en apparence, quoique sa respiration irrégulière démentît ce calme affecté, elle paraissait plongée dans une de ces distractions qui servent de maintien aux femmes au moment d'une crise redoutée, et parfois désirée. D'un regard rapide, George s'assura que d'Épernoz était sorti du salon ; se penchant ensuite vers l'épouse trahie :

— Madame, lui dit-il avec un accent pénétrant, ma désobéissance est involontaire. Si l'on ne m'eût amené près de vous, je n'aurais pas enfreint votre défense ; mais vous n'avez qu'un mot à prononcer pour que je m'éloigne ; dites, le voulez-vous ?

Clémence se sentit désarmée par cette soumission inattendue, et sa physionomie, moins sévère, laissa percer la satisfaction intime qu'inspire toujours à une femme le sentiment de son autorité. D'une voix dont la douceur était déjà une récompense.

— Restez, dit-elle, et écoutez-moi. Je devrais vous haïr, mais je ne le voudrais pas. C'est moi qui suis offensée, et c'est moi qui vous demande la paix.

— Offensée ! reprit le jeune homme, suis-je donc si coupable ?

— Ne revenons pas là-dessus. J'aime mieux reconnaître que, depuis longtemps, nous avons eu tort tous deux; vous, de me parler comme vous l'avez fait trop souvent ; moi, de prendre au sérieux un langage que vous vous reprochez sans doute, et qu'expiera désormais votre conduite.

— Je ne me reproche rien, je n'expierai rien ; le bannissement dont vous me punissez depuis quinze jours ne m'a pas changé. Ce que je vous ai dit, Clémence, je le pense encore, je le penserai toujours.

— Est-ce ainsi que vous répondez à la confiance de votre ami ?

Sordeuil saisit l'extrémité de l'éventail comme s'il en eût voulu regarder les arabesques, mais, en réalité, pour donner un prétexte à son attitude familière.

— L'amour, dit-il, autorise tout, même la vérité. J'ai toujours méprisé l'hypocrisie, qui sert de masque aux passions mesquines. Un autre chercherait à pallier ce que vous appelez ma trahison à l'égard de votre mari. Je le hais, moi, et je vous le dis ; je le hais de tout l'attachement que j'ai pour vous ; car il vous rend malheureuse.

— Je ne vous demande pas de pitié, interrompit la jeune femme avec l'accent de l'orgueil révolté.

— Et ce n'est pas de la pitié que je vous offre, mais le dévoûment le plus désintéressé, le plus absolu.

— Je ne veux pas d'un dévoûment qui refuse de comprendre que j'ai des devoirs à remplir.

— Des devoirs ! répéta George avec ironie, et envers qui ? envers un homme qui n'a jamais songé aux siens, qui vous trompe aujourd'hui comme hier, comme demain !

— Prouvez-le moi ! s'écria madame d'Épernoz, emportée par la jalousie au-delà des bornes de la prudence.

Sordeuil eut l'air d'hésiter ; puis, d'une voix rendue plus incisive par une expression à la fois indignée et compatissante :

— Vous croyez votre mari en rendez-vous d'affaires, répondit-il, et il est en ce moment à l'Opéra avec madame Javerval.

— Je ne vous crois pas, s'écria Clémence, dont les yeux étincelèrent subitement, tandis que ses joues se couvraient d'une rougeur brûlante ; et, cela fût-il vrai, il est une chose plus odieuse peut-être que l'infidélité d'un époux, c'est la trahison d'un ami. Quoiqu'on vous ait institué mon gardien, je ne suis pas, je pense, condamnée à vous écouter. Quand ma belle-mère voudra partir, nous vous ferons prévenir.

George se leva.

— J'attendrai vos ordres, madame, dit-il, en accompagnant ces paroles d'un salut respectueux, et il s'éloigna. Au moment où il entrait dans l'autre salon, son frère, qui, depuis leur rencontre ne l'avait pas perdu de vue, s'approcha de lui et voulut lui prendre la main ; mais cette avance fut repoussée.

—Demain, lui dit Sordeuil en passant outre d'un air sou-cieux et sombre.

Après le départ de son déloyal cavalier servant, madame d'Epernoz resta quelque temps immobile, savourant dans un morne recueillement la blessure qu'elle venait de recevoir. Bientôt le dépit, l'orgueil, l'indignation, toutes les passions vindicatives qui fermentent au cœur d'une épouse outragée, lui rendirent le doute insupportable; elle maudit l'esclavage de son sexe, qui ne lui permettait pas d'aller s'assurer de la vérité; elle fut sur le point de rappeler George pour lui demander la preuve de son accusation; enfin, hors d'elle-même, ne sachant quel parti prendre, et obéissant à l'instinct de son impuissance, elle promena tout autour d'elle le regard d'une châtelaine persécutée qui cherche un défenseur. Ses yeux interrogèrent successivement les visages des hommes épars dans le salon, sans rencontrer sur aucun d'eux la sympathie chevaleresque dont elle éprouvait le besoin. Au moment où elle baissait la tête par un mouvement de désappointement dédaigneux, quelques paroles murmurées d'une voix douce et un peu tremblante la lui firent relever; elle aperçut devant elle Léopold Trélan. Après une longue hésitation, l'étudiant s'était armé de tout son courage pour accomplir cet acte fort simple en apparence, mais assez redoutable en réalité, surtout à dix-huit ans, qui consiste à venir saluer une femme à la mode. Les joues empourprées par une timidité qui avait joint son fard aux fraîches couleurs de l'adolescence, il avait déjà dit trois fois : Madame, et deux fois : J'ai l'honneur de vous souhaiter le bonsoir. Cette gaucherie eût peut-être trouvé grâce devant une coquette à chevrons, mais Clémence était trop jeune elle-même pour apprécier le mérite d'un novice, et trop pénétrée de sa propre émotion pour songer à celle dont elle pouvait être la cause. A la vue de l'élève en droit incliné devant elle, et en apparence pétrifié au milieu de son salut, le seul sentiment qu'elle éprouva fut cette espèce de joie qu'inspire au milieu d'une foule indifférente la vue d'une personne en qui l'on a confiance.

—Monsieur Trélan, dit-elle en interrompant vivement le compliment laborieux qui lui était adressé, si je vous demande un service, me le rendrez-vous?

—Un service, répéta Léopold, qui se redressa et parut grandir; parlez, madame, et fallût-il aller au bout du monde...

—Je ne vous enverrai pas si loin, interrompit la jeune femme en essayant de sourire; je ne réclamerai de votre complaisance que ce qu'il en faut pour aller d'ici à l'Opéra.

—J'y vais à l'instant, madame... dès que j'aurai reçu vos ordres.

Clémence hésita un instant, et peut-être, en examinant la physionomie rayonnante de son nouveau servant, se repentit-elle de sa démarche; mais la jalousie l'emporta sur la réserve.

—Je désire savoir si M. d'Epernoz est à l'Opéra, dit-elle, en cachant son embarras sous un air d'insouciance.

En voyant un message pour lequel son imagination rêvait déjà quelque but héroïque, aboutir le plus bourgeoisement et le plus moralement du monde à un mari, Trélan sentit tomber son exaltation.

—Et que dirai-je à M. d'Épernoz? demanda-t-il d'une voix dolente.

—Rien, répondit la jeune femme, aussi mal à l'aise que son interlocuteur; veuillez seulement vous assurer de sa présence... Vous le trouverez peut-être aux baignoires.

L'étudiant s'inclina et partit, aussi désappointé qu'autrefois un poursuivant d'armes qui, après avoir chaussé en songe l'éperon d'or de la chevalerie, se serait réveillé page comme devant.

Sordeuil avait repris sa position près de la table d'écarté, et de là il avait suivi des yeux, avec une curiosité mêlée d'impatience, la manœuvre de son frère. Pendant tout le temps que dura l'absence de celui-ci, Clémence affecta de ne pas regarder de ce côté, et se mêla à la conversation du groupe dont elle faisait partie; mais, malgré ses efforts pour paraître calme, l'altération de ses traits attestait une émotion extraordinaire. Au bout d'une demi-heure, le messager était revenu.

—Madame, dit-il en essayant une assurance cavalière, M. d'Épernoz est en effet à l'Opéra.

La jeune femme pâlit et sourit en même temps. Tout autre qu'un écolier eût compris et fût devenu muet; le candide Léopold poursuivit résolument :

—Je l'ai trouvé, ainsi que vous le pensiez, aux baignoires, loge n° 13.

—Seul? demanda Clémence d'une voix à peine distincte.

—Seul! non pas vraiment, reprit l'étudiant d'un air fin; il y avait dans la loge deux belles dames, madame Javerval et sa sœur.

Madame d'Épernoz ne répondit pas, mais sa main, en se contractant, brisa son éventail. Le jeune homme ne s'aperçut de rien : à dix-huit ans on regarde beaucoup sans voir.

—Lorsque je suis arrivé à l'Opéra, continua-t-il pour soutenir la conversation, on jouait le second acte de *Guillaume Tell*. Nourrit et madame Damoreau disaient leur duo; vous savez, madame, le duo que vous chantez si bien, et que j'ai essayé une fois avec vous.

Tout en parlant, Léopold, persuadé que le message qu'il venait d'accomplir lui donnait droit à une récompense, et s'enhardissant à la réclamer, se penchait pour prendre possession d'un fauteuil; avant qu'il eût le temps de s'asseoir, Clémence lui dit d'un ton bref :

—Je vous remercie de votre complaisance, monsieur Trélan, et je n'en veux pas abuser en vous retenant plus longtemps; d'autres ont des droits à votre amabilité. On vient de former un quadrille dans l'autre salon, et personne n'a invité mademoiselle Daligny.

—Mais elle est bossue! répondit le jeune homme d'une voix plaintive.

—A peine. D'ailleurs où serait le mérite, si elle était jolie?

Léopold jeta un regard farouche sur la danseuse en disponibilité, mais n'osa faire aucune nouvelle objection, car il était à l'âge heureux où l'on regarde l'obéissance passive comme un moyen de succès auprès des femmes et comme un titre à leur reconnaissance. Un moment, après l'étudiant furieux et la jeune fille radieuse traversèrent le salon pour se rendre à la contredanse.

Débarrassée de son messager, madame d'Épernoz se tourna du côté de Sordeuil et lui désigna, d'un regard impérieusement expressif, le fauteuil vacant auprès d'elle. George obéit en homme expérimenté; il fit le tour du salon, adressa la parole à plusieurs personnes et finit par se trouver assis à son ancienne place, sans qu'on eût remarqué cette manœuvre.

—Qu'avez-vous donc ce soir? lui demanda la jeune femme d'une voix saccadée; vous paraissez triste.

—Ne suis-je pas exilé? répondit-il en attachant sur elle son regard scrutateur.

—Vous ne l'êtes plus; ainsi soyez aimable et tâchez que je le devienne, car l'ennui et la maussaderie de cette soirée m'ont gagnée malgré moi.

—Croyez-vous maintenant que je vous aie dit la vérité, demanda Sordeuil, décidé à reprendre d'un seul pas le terrain qu'il avait perdu quelques instans auparavant.

—Pas un mot sur lui, interrompit Clémence avec emportement; parlez-moi de vous, de moi; de tout ce que vous voudrez, mais de lui, jamais.

—Jamais de lui, toujours de nous! répondit l'amant empressé d'acquiescer à cette convention.

—Vous aviez raison, il est avec cette femme; voilà trois mois que j'en veux douter. Oh! je ne suis plus assez belle ni assez jeune, quoique vous prétendiez le contraire; ne me parlez plus de lui, vous dis-je. Comment me trouvez-vous ce soir! Vous ne remarquez seulement pas que j'ai mis une robe noire. Ne disiez-vous pas, l'autre jour, que vous préfériez le noir dans la toilette d'une femme?

—Vous m'aimez donc?

—Je ne sais; s'il était là, je vous répondrais : oui, devant lui. Ne trouvez-vous pas qu'il fait bien chaud ici? J'ai la tête en feu. Surtout ne me parlez jamais de lui, et dites-moi de jolies choses, comme il lui en dit sans doute.

Un indifférent aurait eu pitié du sourire convulsif qui accompagna ces paroles, mais les amans ont, en certain cas, un privilége de cruauté. Au lieu de calmer la souffrance dont il était témoin, George l'exaspéra ; loin de chercher à guérir la blessure qu'il venait de faire, il l'élargit, afin d'y frayer un passage à sa passion, jusqu'alors repoussée ; car on ne pénètre que par la violence dans le cœur d'une femme vertueuse, et toute blessure est une brèche. Avant la fin de la soirée, ce machiavélisme obtint un succès dont eût rougi peut-être un amour plus compatissant et plus généreux. En quittant madame d'Épernoz, après l'avoir reconduite chez elle, Sordeuil emporta un aveu décisif, arraché à l'indignation de l'épouse outragée, plutôt qu'à la faiblesse de la femme attendrie.

III.

Le lendemain, bien avant l'heure qui lui avait été désignée au bal, Léopold entra dans l'appartement que son frère occupait, dans une élégante maison de l'avenue des Champs-Élysées.

— Maintenant, dit-il, explique-moi, je t'en conjure, le mystère dont tu t'environnes. Si ma curiosité seule était excitée, je la surmonterais pour ne point te paraître importun ; mais à l'étonnement que ta conduite me cause se mêle une sorte de frayeur superstitieuse dont je ne puis me rendre compte et pour laquelle je te demande de l'indulgence.

— Ai-je donc l'air d'un tyran de mélodrame? demanda George en souriant tristement.

— Que te dirai-je? Ta vue a bouleversé toutes mes idées. Je te croyais à Hières ou à Nice et je te rencontre à Paris, il n'y a pas un an que Blanche, que ta femme est morte, et tu n'es pas en deuil ; et je te trouve au bal ! enfin que signifie ce faux nom que tu as pris?

— Holà! maître Léopold, répondit Sordeuil en fronçant le sourcil, il me semble que vous changez nos rôles et qu'en ce moment vous faites un peu trop le frère aîné. Avant de m'interroger, répondez-moi. Comment se fait-il que vous connaissiez d'Épernoz?

L'étudiant ne chercha pas à dissimuler la surprise que lui causait cette question.

— D'Épernoz, répondit-il, était au service avant son mariage. Je l'ai connu, il y a deux ans, à Cherbourg, où il se trouvait en garnison. En arrivant à Paris pour y faire mon droit, il y a une quinzaine de jours, je suis allé chez lui, et notre liaison s'est renouée.

— Et c'est toi qui, à Cherbourg, l'as introduit dans notre famille?

— Cela est vrai ; il avait envie de voir le monde, et comme il ne connaissait personne dans la ville, je l'ai présenté, d'abord, à ma mère et à Blanche...

— Si tu n'étais pas mon frère, interrompit George d'une voix sourde, ce que tu viens de me dire serait la mort pour l'un de nous.

— Explique-toi, répondit Léopold troublé par ces paroles.

Sordeuil fit plusieurs tours dans la chambre comme pour maîtriser son émotion ; puis, se rapprochant de l'étudiant :

— J'ai tort, lui dit-il, d'un air plus calme. Pourquoi t'accuser? Enfant que tu étais alors, pouvais-tu prévoir les suites fatales de ton imprudence? Aujourd'hui, tu es un homme, je te dirai tout. Une affaire où se trouve engagé mon honneur et peut-être ma vie ne doit pas te rester étrangère. D'ailleurs, j'ai besoin de ta discrétion et de ton obéissance ; tu en vas comprendre la nécessité ; car je ne te crois pas d'humeur, non plus que moi, à laisser un outrage impuni, à tendre l'autre joue après un soufflet.

— On t'a insulté! s'écria le jeune homme avec une impétuosité digne du Cid ; s'il te faut un second, songe que je suis ton frère, et que personne avant moi n'a le droit d'être à tes côtés.

— Bien! Léopold ; si avant peu tu deviens l'aîné de la famille, elle aura en toi un noble chef. Écoute-moi donc, et d'abord oublie que tu sors d'un bal ; chasse de ton esprit ces images de plaisir, cette musique enivrante, ces femmes plus enivrantes encore. C'est à une scène de deuil que je vais te conduire.

Sordeuil s'assit et resta quelque temps le front appuyé sur la main, évoquant ses souvenirs dans un morne recueillement.

— Il y a dix mois, dit-il enfin, après deux ans de station aux Antilles, je revenais à Cherbourg, avec quelle joie ! tu dois le comprendre. J'allais revoir ma famille, dont j'étais séparé depuis si longtemps ; ma femme, en qui j'avais placé le bonheur de ma vie! mes frères, enfans encore ; toi-même, Léopold, le plus cher d'eux tous. Nous arrivâmes dans la rade à la fin d'une nuit froide et sombre. Incapable de modérer mon impatience, je me fis débarquer aussitôt. Le mauvais temps que nous venions d'essuyer en mer régnait encore sur la ville. Une pluie glacée fouettait les dalles du port, désert en ce moment, et le vent sifflait avec violence à travers les cordages des navires. Superstition de marin, ou plutôt pressentiment trop juste, ce triste orage d'hiver qui accueillait mon retour me fit éprouver une anxiété jusqu'alors inconnue. Ce n'est point ainsi, me disais-je, que l'absent doit rentrer dans sa famille. J'aurais payé de n'importe quel prix une heure de jour, un rayon de soleil. D'un pas rendu plus rapide par une inquiétude indéfinissable, je franchis les rues qui me séparaient de notre maison ; là, je m'arrêtai un instant sans oser frapper. Un incident imprévu mit fin à mon irrésolution. En levant les yeux vers l'appartement de Blanche, j'aperçus des lumières à travers les rideaux. Des lumières à cette heure de la nuit ! Etait-ce donc une fête? Mon arrivée était-elle devinée et attendue? Je m'avançai, la porte n'était pas fermée ; je montai l'escalier ; celle de l'appartement était également ouverte. Dans les premières chambres, plusieurs femmes allaient et venaient d'un air d'agitation et de trouble ; je passai au milieu d'elles sans qu'elles fissent attention à moi, et j'arrivai enfin à l'appartement de Blanche. Ce que je vis alors, je ne le compris pas d'abord, tant ce coup de foudre fut soudain et inouï. Un triste désordre avait bouleversé le calme et l'harmonie de cette chambre, où s'étaient écoulées les plus belles heures de ma vie. Les meubles me parurent déplacés au hasard ; quelques bougies brûlaient çà et là, luttant contre les lueurs blafardes du jour naissant. Sur la commode, hôtel improvisé, j'aperçus un crucifix, un rameau de buis, enfin, tous les apprêts d'un sacrement redoutable ; en même temps, je sentis une odeur d'éther, ce parfum des mourans, et mon cœur se glaça, car je crus respirer une exhalaison de la tombe. Éperdu, j'entrai. Un cri d'effroi m'accueillit, et une femme, Antoinette, ma belle-sœur, se jeta au-devant de moi ; je la repoussai, mais sans avoir la force de faire un pas de plus, et je restai pétrifié en face du lit, dont les rideaux ouverts me laissaient voir une forme humaine étendue, pâle, immobile, expirante enfin, si déjà elle n'était pas morte. C'était Blanche!

Léopold prit la main de son frère et la serra en silence.

— Ne te mets pas en frais de compassion, reprit Sordeuil avec amertume, tu te reprocherais peut-être ta sensibilité. Un mouvement que fit la mourante m'arracha de ma stupeur ; je me précipitai vers elle, je la pris dans mes bras, j'essayai de réchauffer de mes baisers ses mains et ses joues déjà glacées ; en contemplant dans ma douleur avide ce visage si beau jadis, maintenant défiguré par la souffrance, je ne pleurais pas, mais je sentais mon cœur se briser et se dissoudre. Ranimée sans doute par mes étreintes désespérées, elle ouvrit les yeux et les fixa sur moi ; ne pouvant parler, je lui souris, comme on fait à ceux qui meurent ; une affreuse terreur qui se peignit aussitôt sur ses traits fut sa seule réponse. Elle retira sa main par un effort dont l'énergie l'épuisa sans doute, car sa tête, que j'avais soulevée, retomba pesamment sur l'oreiller. Machinalement, je repris cette main que semblait me disputer quelque incompréhensible caprice de l'agonie ; je la sentis frémir et se fermer convulsivement dans la mienne ; sans savoir ce que je faisais moi-même, par une sorte de contradiction inconcevable dans un pareil moment et que la fatalité seule peut expliquer, je l'entr'ouvris de force, malgré sa crispation nerveuse. Un médaillon tomba sur le lit ; je le saisis avidement. — Mon portrait ! pensai-je ; elle a voulu me dire adieu et donner à mon image son dernier soupir. Je regardai... Écoute ceci, Léopold ; toi qui es à l'âge où toutes les femmes paraissent des anges dont la terre est indigne: ce portrait n'était pas le mien; c'était celui d'un jeune homme, d'un inconnu!

J'ignore ce qui se passa en moi. Blanche avait perdu connaissance, et Antoinette lui faisait respirer des sels. Sans parler, je présentai à celle-ci le médaillon dont je venais de m'emparer. Sans doute, à défaut de paroles, mon visage annonçait une résolution terrible, car elle se jeta sur moi, m'enchaîna de ses bras, et me montrant sa sœur d'un regard suppliant:

— Ayez pitié! me dit-elle; ne voyez-vous pas qu'elle va mourir?

— Le nom de cet homme? répondis-je en me dégageant.

J'avais prononcé ces mots d'une voix très basse, et pourtant, chose étrange! malgré son évanouissement, Blanche les entendit. Par un surnaturel effort, elle se dressa sur son séant; je me jetai en arrière pour qu'elle ne me touchât pas; mais elle, ouvrant péniblement ses yeux déjà vagues et obscurcis, n'eut pas l'air de songer à moi. Elle chercha sa sœur, qui s'était placée entre nous deux, se souleva vers elle, et d'une main lui ferma la bouche; puis, adressant à je ne sais quelle image invisible un sourire où sembla s'exhaler la dernière flamme d'un amour à peine vaincu par la mort, murmura quelques mots que je ne pus comprendre, quoique je me fusse penché pour les recueillir, et s'étendit lentement sur le lit, sur la tombe, dois-je dire, car c'en était une: Blanche se mourait.

En ce moment, le tintement d'une petite cloche se fit entendre au dehors; un bruit de pas s'y mêla bientôt. On s'arrêta devant la maison; puis les pas retentirent dans l'escalier. Enfin la porte s'ouvrit: sur le seuil j'aperçus un prêtre, et derrière lui, dans l'autre chambre, plusieurs femmes tenant des cierges. C'était le viatique qu'on apportait à la mourante. Je ne suis pas impie, mais à cette vue, l'enfer que j'avais dans le cœur se révolta. J'allai brusquement au devant du vieillard:

— Cette femme est à moi, monsieur, lui dis-je en l'arrêtant; personne ne lui parlera en ce moment.

— Cette femme est à Dieu, à qui nous sommes tous, répondit le prêtre d'une voix calme et grave; si vous voulez vous placer entre le maître et sa créature qu'il appelle à lui, faites-le comme un chrétien. Priez pour celle qui bientôt priera pour vous dans le ciel.

Il accompagna ces paroles d'un regard devant lequel se baissa le mien. En face d'un lit de mort, la religion est souveraine; je l'éprouvai, car une honte soudaine se mêlant à ma fureur, je me rangeai pour laisser passer cet homme qui venait au nom d'un Dieu dont la tempête m'avait parlé plus d'une fois, Profitant d'une lueur de vie qui brillait encore au front de Blanche, il commença sans retard son ministère. Je voulais m'éloigner, car je ne sentais dans mon cœur ni religion ni miséricorde, et me semblait que ma place n'était pas là. Les femmes agenouillées dans l'autre chambre me fermèrent le passage; je n'osai sortir. Au milieu de ces étrangères qui pleuraient et priaient, je restai seul debout, sans larmes ni prières. Une seconde fois le regard du vieillard s'arrêta sur moi; une seconde fois je me sentis vaincu, et je me mis à genoux; mais si mon front se courba, mon œil resta sec et ma bouche muette. Les oraisons du prêtre, les sanglots d'Antoinette, les soupirs de plus en plus étouffés de celle que j'avais tant aimée, laissèrent mon cœur aride comme font les vagues de la grève qu'ils arrosent. Dans ce cœur si cruellement éprouvé, il ne restait plus qu'une seule veine palpitante et féconde, celle de la vengeance. A la vue du portrait que je froissais dans ma main en le dévorant du regard, mais en le cachant à tous les yeux, cette veine venait de s'ouvrir pour ne se refermer jamais.

La triste cérémonie achevée, tout le monde se leva et sortit; seul je restais à genoux, aveugle et sourd à ce qui se passait. Le prêtre s'approcha de moi. Il avait été le confesseur de Blanche; il savait tout.

— Cette heure terrible, me dit-il, doit être une heure de réconciliation et de miséricorde. Vous avez joint vos prières aux nôtres; que le ciel vous en récompense! Mais sans la charité, la prière est-elle complète? Cette pauvre femme paraîtra-t-elle devant son juge chargée de votre colère? Lui refuserez-vous, quand elle va mourir, une parole de pardon?

Il m'avait pris la main, et je me laissai conduire près du lit. L'agonie faisait des progrès si rapides, que d'un instant à l'autre la figure de Blanche se décomposait, et revêtait une expression plus funèbre. A cet aspect, je devins faible, et je sentis un flot de larmes monter de mon cœur à mes yeux. Ému d'une irrésistible pitié, je me penchai vers cette belle moitié de ma vie que j'allais perdre pour toujours. J'approchai mes lèvres de son front baigné de sueur par l'haleine de la mort, et d'un accent que brisait la douleur:

— Blanche, lui dis-je, peux-tu m'entendre? C'est moi; c'est George.

— Henri, me répondit un souffle plutôt qu'une voix.

Je bondis en arrière.

— Que Dieu lui pardonne! m'écriai-je, et je m'élançai hors de la chambre.

Un moment après, on vint m'annoncer la mort de Blanche, dont le dernier soupir s'était peut-être exhalé avec le nom de son amant. Sa sœur et son confesseur gardèrent fidèlement son secret; je ne pus rien savoir. Le jour même, laissant à d'autres le soin de lui creuser une tombe, je quittai Cherbourg. La morte était à Dieu, comme avait dit le prêtre, et je ne pouvais frapper un cercueil; mais l'homme vivait sans doute encore, et lui m'appartenait. Il me fallait sa vie pour mon honneur; je le jurai par un de ces sermens qu'on ne viole pas. Où le chercher cependant, et comment l'atteindre? Son portrait et le nom de Henri étaient les seuls indices qui pussent me mettre sur sa voie, car à qui m'adresser sans publier ma honte? Heureusement, l'instinct de la vengeance est infaillible. Sur le médaillon était la date de Paris et le nom du peintre. J'accourus à Paris; je fis une tache à la miniature, et j'allai chez cet homme.

— Un de mes amis dont vous avez peint le portrait, lui dis je, m'a chargé de vous l'apporter pour y faire une réparation.

Il jeta les yeux sur l'ivoire, et, après une seconde de réflexion, le nom que je poursuivais s'échappa de sa bouche. Ce nom, faut-il te le dire, et ne l'as-tu pas déjà deviné?

Sordeuil se leva, ouvrit un bureau, et y prit un médaillon qu'il présenta à son frère.

— D'Épernoz! s'écria Léopold en baissant la tête.

IV.

— La trace trouvée, reprit George, le reste était facile. J'appris que depuis quelques mois d'Épernoz avait quitté le service pour se marier, et qu'il habitait Paris. J'allai l'attendre à sa porte. Il sortit enfin; mais il n'était pas seul, sa femme l'accompagnait. A cette vue, ma main prête pour l'outrage resta paralysée. Cette femme est jeune et belle, comme tu sais. Il l'aime sans doute, me dis-je. Cette pensée illumina soudainement mon esprit et ouvrit à ma vengeance une route imprévue. Les fortes passions sont patientes, parce qu'elles sont sûres d'elles-mêmes. Mon plan fut fait aussitôt; je le mûris nuit et jour, et j'en combinai les moindres détails avec une prudence inouïe. Sous prétexte de rétablir dans le Midi ma santé altérée par une campagne pénible, j'obtins du ministre un congé illimité. Tout le monde me crut parti pour Nice. Toi-même, qui étais alors à Nantes, tu fus trompé comme les autres. Ayant passé ma vie sur mer ou dans les ports, personne ne me connaissait à Paris; ainsi aucun obstacle de ce côté. Tout me servit d'ailleurs. Il se trouva qu'un de mes amis, à qui j'ai sauvé la vie aux Antilles, fréquentait le monde que voit ici d'Épernoz. Sur ma demande, il m'y introduisit sous ce nom de Sordeuil qui a appartenu autrefois à notre famille. Bientôt j'y rencontrai l'homme pour qui je m'abaissais à cette vie de mensonge. Je me liai facilement avec lui, car la frivolité de son caractère en exclut la défiance et le rend peu réservé dans le choix de ses amis. Nous devînmes intimes, et sa maison me fut ouverte. Il y a huit mois que cela dure, Léopold; huit mois que je marche, que je rampe dans ce sentier d'embûches et de trahison; mais aujourd'hui je suis arrivé, demain je pourrai relever la tête et me purifier de cette boue dont je me suis volontairement souillé. Le sang lave tout.

Un triomphe sauvage éclaira la sombre figure de George. Son frère, que ce récit avait plongé dans une morne stupeur, le regarda quelque temps en silence.

— Que prétends-tu faire? lui dit-il enfin; je ne te comprends pas, et pourtant tes paroles m'effraient. D'Épernoz t'a mortellement offensé; mais il n'est qu'un moyen d'effacer une pareille injure.

— Un duel, n'est-il pas vrai? répondit Sordeuil avec un accent de dédain. Rassure-toi, je ne l'assassinerai pas. Mais, enfant, sais-tu ce que c'est qu'un duel? c'est un coup de dé dont la vie est l'enjeu. Qui te dit que je ne perdrai pas? Oui, certes, cette partie se jouera; mais auparavant je l'égaliserai. Je rendrai à cet homme l'outrage que j'en ai reçu, je lui tuerai l'âme en attendant le corps; ou, si je dois mourir, je lui laisserai au cœur une de ces blessures qui ne se ferment que dans la tombe.

— Que veux-tu donc? au nom du ciel!

— Honte pour honte, déshonneur pour déshonneur, infamie pour infamie! Ce que je veux, c'est la vengeance avant le combat et à l'abri de ses hasards. Cette vengeance si profondément conçue, mûrie avec tant d'amour, je la possède enfin. Quelques momens encore, et j'aurai accompli ma mission, implacable comme la justice, comme elle sans faiblesse ni remords. Grâce à cet homme, j'ai trouvé l'adultère dans mes foyers. A son tour maintenant

— C'est donc Clémence que tu veux perdre? s'écria l'étudiant en se levant impétueusement.

— Je la plains, elle est innocente; mais elle se trouve sur ma route; il faut reculer ou l'écraser au passage, et je ne reculerai pas.

Sordeuil tira de sa poche un éventail et le jeta sur la table avec un sourire mélancolique.

— Elle est dans ma main, reprit-il, comme cet éventail était dans la sienne, et je la briserai comme elle l'a brisé. La vie est un jeu cruel; victime ou bourreau, voilà la seule alternative.

— Elle t'aime donc? interrompit Léopold, dont les joues se couvrirent d'une froide pâleur.

— L'abîme attire. D'ailleurs, depuis huit mois, j'ai dirigé vers ce but unique toutes les puissances de mon âme, et vouloir, c'est pouvoir. Penses-tu que beaucoup de femmes eussent résisté jusqu'à ce jour?

L'étudiant prit l'éventail et le contempla quelque temps avec un muet désespoir, puis, par un débordement soudain des sentimens qui lui torturaient le cœur :

— Elle t'aime et tu veux la perdre! s'écria-t-il; et tu me parles de cela froidement, comme d'une chose possible et humaine! Cela ne sera pas, George, tu ne commettras pas cette lâcheté... oui, cette lâcheté! Celui qui frappe une femme est un lâche! Provoque d'Épernoz; tue-le, le ciel sera juste en cette rencontre. Mais elle, épargne-la; que t'a-t-elle fait?

— Et toi, épargne-moi ta vertueuse indignation. Que pourrais-tu me dire que je ne me sois pas dit déjà? Oui, l'action que je médite est horrible; mais, tout horrible qu'elle soit, je la commettrai. J'ai pitié de cette femme, mais la haine que j'ai pour lui est plus forte que cette pitié. Chaque fois qu'il m'arrive d'hésiter, je n'ai qu'à me rappeler le lit de mort de Blanche, mon cœur alors devient de fer. Tu ne sais donc pas que je l'aimais, Blanche! et qu'il me l'a prise, et qu'il l'a tuée, car elle est morte de chagrin en apprenant son mariage; il s'en est vanté devant moi. Tu ne sais pas qu'il a fait de celle à qui j'avais donné mon nom une créature perdue, et déshonorée, dont, par mépris, je ne porte pas même le deuil. Et tu veux qu'aujourd'hui j'écoute une compassion vulgaire! tu veux que je remette à cet homme une partie de la peine; que, satisfait par sa mort, je lui fasse grâce de la torture! Non : ce que j'ai souffert, il le souffrira: cela est juste. Ainsi donc, laisse cette femme subir sa destinée; car, intercéder pour elle, c'est intercéder pour lui, et je ne pense pas que tu l'oses.

— Eh bien! reprit Léopold d'une voix brisée par l'émotion, je ne dis plus grâce pour elle, mais grâce pour moi!

— Pour toi!

— Je l'aime!

— Enfant! Il y a quinze jours, tu l'as vue pour la première fois.

— Je l'aime!

— A ton âge, on aime toutes les femmes.

Trélan prit les mains de son frère, et les serrant dans les siennes avec une angoisse inexprimable :

— Je l'aime, te dis-je; tue-moi, mais ne la déshonore pas.

En ce moment, un bruit de pas et la voix d'une personne qui parlait au domestique se firent entendre depuis l'antichambre.

— C'est lui, dit Sordeuil, je le reconnais comme une femme devine l'approche de son amant. Il ne faut qu'il te voie.

Par un mouvement instinctif aussi rapide que la pensée, Léopold saisit l'éventail, qui était sur la table, et s'élança dans la chambre à coucher, dont son frère lui ouvrait la porte.

D'Épernoz entra de l'air cavalier qui lui était habituel. Avec la familiarité d'usage entre amis, il jeta son chapeau sur le divan, enfourcha une causeuse, et s'assit à la manière de Napoléon au bivouac d'Austerlitz.

— Mon cher, dit-il alors, voulez-vous suivre un sage conseil? Ne vous mariez jamais.

Rentré subitement dans son rôle, Sordeuil accueillit par un sourire complaisant ce préambule, qui d'ailleurs piqua sa curiosité.

— Quel dégoût de votre état vous a pris? répondit-il.

— On croit épouser une jeune fille douce et bonne; on se trouve uni à un être capricieux, fantasque, intolérant.

— Je croyais madame d'Épernoz le modèle des femmes, et je vous croyais vous-même plus heureux en mariage que vous ne le méritez, entre nous.

— Voici de l'à-propos, lorsqu'en ce moment même je viens de jouer le rôle le plus ridicule qui soit au monde, surtout pour un mari; le rôle d'amant passionné, suppliant et éconduit.

— Après votre aventure d'hier au soir...

— Oui, parlez-moi d'hier.. Je ne souhaiterais pas à mon plus mortel ennemi une soirée pareille. Décidément, mon cher, madame Javerval m'ennuie à périr. Figurez-vous d'abord qu'elle avait un chapeau bleu. Connaissez-vous rien d'affligeant comme un chapeau bleu? De plus, sur ce chapeau, une profusion de plumes si extravagante qu'on eût dit le panache d'une mule aragonaise. Et comme elle a l'habitude de battre la mesure à faux avec sa tête, toute la soirée cette botte de plumes a valsé ou sautillé, suivant le mouvement, à deux pouces de mes yeux, si bien que j'ai encore la migraine. Autre grief : Madame Javerval devient précieuse, *intelligentielle*, comme elle dit; il lui faudra bientôt des bas de la couleur de son chapeau. Ne m'a-t-elle pas demandé hier si j'aimais Klopstock. Klopstock! Comment voulez-vous qu'une passion résiste à cela? Enfin, ce bon Javerval me fait de la peine. Je sais par cœur son écrin; quand je continuerais de la sorte jusqu'à la fin du monde, ce serait toujours la même chose. Bref, ce matin, après avoir ruminé longtemps sur ce chapitre, j'avais résolu, pour conclusion, de rentrer exemplairement dans le giron conjugal. Au premier mot d'amende honorable, j'ai trouvé une figure glaciale, un mélange d'ironie et de sévérité qui semble prendre sa source dans quelque implacable ressentiment. Ma belle-mère était Corse ; je crains que sa fille n'ait hérité de son sang orgueilleux et vindicatif.

— Penseriez-vous que madame d'Épernoz, croyant trouver une justification dans votre conduite...

— Clémence est la vertu même!... Mais toutes les femmes commencent par la vertu. Que vous dirai-je? Je crains, sans savoir quoi. Je crois que je deviens jaloux.

— Allons donc! Je vous connais des principes trop larges, une philosophie trop solide.

— Riez, célibataire que vous êtes! Je vous dis que les fumées d'Orosmane me montent au cerveau. Et savez-vous quel est mon Nérestan? Ce jouvencel que vous avez vu hier au soir chez madame d'Agenest.

— M. Trélan? dit George en baissant la voix.

— Lui-même. Voilà quinze jours que ce petit Bas-Normand nous est arrivé par le coche, et en voilà douze au moins qu'il est amoureux de ma femme. Il ne perd pas de temps, comme vous voyez, et il joue cartes sur table. C'est un de ces chérubins d'amour qui feraient volontiers de leur cœur une cocarde. Deux ou trois fois déjà, je l'ai surpris en extase devant Clémence comme devant une madone. L'enfant n'est pas dangereux; mais la vengeance est le plaisir des femmes comme celui des dieux, et tout instrument peut lui paraître bon.

— Ainsi, vous êtes jaloux, dit Sordeuil avec un étrange sourire.

— C'est beaucoup d'honneur que je fais à cet écolier, n'est-ce pas? Mais ce que je prends pour de la jalousie, n'est probablement que du dépit. Mon échec de ce matin m'a piqué au jeu. Plus j'ai été rudement repoussé, et plus je tiens à une réconciliation, j'entends une réconciliation tendre et complète.

— Qui vous arrête?

— Vous ne rirez pas de moi, n'est-il pas vrai?

— Pourquoi donc?

— C'est que vous ignorez l'état des choses; le voici. M'étant marié par raison et non par amour, j'avais le désir assez naturel d'alléger mes chaînes, de conserver, mari, mon indépendance de garçon; en conséquence, j'avais adopté le système de l'appartement séparé.

— Système excellent!

— Absurde! Vous l'allez voir. Madame d'Épernoz s'est si bien habituée à l'isolement auquel l'ont condamnée d'abord mes fantaisies de liberté, que tous les soirs son appartement se transforme en une citadelle fermée, verrouillée, barricadée, je crois, et dont je suis exclu.

— Quel enfantillage! N'avez-vous pas vos droits!

— Mes droits! vous moquez-vous de moi? Vous voudriez, sans doute, que je vinsse, avec renfort d'huissiers et le code à la main, signifier à ma femme de me donner accès dans le sanctuaire matrimonial! Quand l'orage souffle, l'homme prudent ne s'y expose pas. Les impressions féminines sont passagères comme l'orage, et je vais attendre le beau temps à Fontainebleau.

— Vous partez? demanda George.

— Ce soir. J'ai une affaire là-bas qui me retiendra quelques jours, pendant lesquels la cruauté de madame d'Épernoz s'adoucira, j'espère.

Le domestique de Sordeuil entra et remit une lettre à son maître. En jetant les yeux sur l'adresse, le marin éprouva une émotion si vive qu'il rougit; il se leva, s'approcha de la fenêtre, et lut ce peu de mots tracés d'une main qui avait tremblé en les écrivant:

« Je suis folle, mais je crois à votre honneur. Ce soir! »

— Il a raison, se dit George, c'est le sang corse qui parle. En écrivant, elle a pensé à madame Javerval bien plus qu'à moi. Mais que m'importe?

— A quoi rêvez-vous? demanda d'Épernoz en riant; voilà un billet doux qui vous émeut furieusement. Vous venez de rougir d'une façon tout-à-fait sentimentale.

Sordeuil cacha la lettre dans la poche de son gilet.

— Vous partez donc ce soir pour Fontainebleau? reprit-il d'un air pensif.

— Oui. J'ai déjà annoncé chez moi mon départ. J'avais même conçu à cet égard un projet; mais ce serait un enfantillage.

— Quel projet?

— Pendant mon absence, je suis sûr que madame d'Épernoz, adoptant le pied de paix, se départira de ses précautions accoutumées; le pont-levis restera baissé, la herse levée; en un mot, la forteresse deviendra abordable. Je voulais donc, au lieu de partir réellement, revenir au moment où l'on m'aurait le moins attendu; cette nuit, par exemple. C'est presque aussi bête que le cheval de Troie, je le sais; mais quand on est à la porte, on voudrait se métamorphoser en mouche afin d'entrer par la serrure. D'ailleurs, bien des circonstances seraient pour moi, la nuit, le mystère, la surprise.

Sordeuil resta quelque temps avant de répondre. Ses yeux fixes, les plis mobiles de son front, annonçaient une lutte intérieure, que termina une de ces résolutions violentes par lesquelles on joue sa vie sur un coup de dé.

— Votre projet, dit-il, me semble fort bien imaginé, et je ne comprends pas que vous hésitiez.

— Sérieusement?

— Sérieusement.

— Vous ne trouvez pas que c'est du vieux mélodrame?

— Toutes les femmes aiment ces coups de théâtre.

— C'est vrai, et puisque vous m'approuvez...

— Que risquez-vous?

— Et puis, il y a là-dedans un air d'aventure qui me plaît. Il me semble que je suis encore garçon. Clémence est bonne au fond; ce matin elle m'a traité sévèrement; elle se le reprochera peut-être, et je veux saisir l'instant de la réaction. C'est décidé; ce soir j'imite Henri IV, je conquiers mon royaume. Ce sera toujours aussi amusant que de lire Klopstock avec madame Javerval.

Le frivole jeune homme se leva, se mira dans la glace en rétablissant l'harmonie de sa coiffure, et prit son chapeau.

— Je sors avec vous, dit Sordeuil, qui, en voyant approcher le dénoûment du drame, voulut éviter un nouvel entretien avec Léopold.

Au bruit de la porte qui se fermait, l'étudiant s'élança de la chambre où il s'était caché, sortit à son tour, monta dans un fiacre et suivit le cabriolet où son frère venait de s'asseoir à côté de d'Épernoz. Arrivé au boulevard, il s'assura que la voiture dont il épiait la marche tournait à gauche et continuait sa route derrière la Madeleine. Cessant alors sa poursuite, il se fit conduire dans la rue de Provence, où demeurait madame d'Épernoz.

V.

Les dangers extraordinaires inspirent parfois aux caractères habituellement timides des décisions dont l'énergie égale la soudaineté. La confidence que venait de recevoir Léopold, et la conversation dont il n'avait entendu qu'une partie, l'électrisèrent en le foudroyant. Au milieu du chaos de son esprit, deux sentimens rivaux, l'attachement voisin du fanatisme qu'il portait à son frère depuis l'enfance, et le culte plus récent, mais non moins exalté, qu'il avait voué à madame d'Épernoz, se dégagèrent lumineux comme deux phares qui, pendant une nuit d'orage, signalent aux marins la route à suivre et les écueils à éviter. Exagérant, selon l'usage des nobles cœurs, la faute involontaire qu'il avait commise en introduisant dans sa famille le séducteur de Blanche, il en conclut, pour lui-même, le devoir de la réparer, et de concilier cette expiation avec le dévoûment dont son amour lui faisait une loi.

— Venger mon frère, sauver Clémence! se dit-il en formulant sa résolution par cette devise, comparable aux cris d'armes qu'adoptaient les chevaliers pour marcher au combat. L'esprit calcule, le cœur improvise. Pressé par l'imminence du péril et sans prendre le temps de combiner les moyens d'atteindre son double but, le jeune homme se jeta plutôt qu'il n'entra dans la maison dont il n'avait franchi le seuil que bien peu de fois, et jamais sans une amoureuse terreur.

Madame d'Épernoz était assise dans son salon, seule et pensive; entre le devoir et la vengeance, son âme flottait comme une barque sans gouvernail, qu'une vague éloigne du rivage, dont une autre la rapproche parfois, et qui, dans cette lutte inégale, dérive de plus en plus vers la pleine mer où l'attend la tempête. En attendant annoncer M. Trélan, elle se leva, jeta un regard de courroux au domestique qui laissait troubler sa solitude, et resta debout, l'œil sombre, le front hautain, le maintien glacial. A la vue de celle pour qui son cœur nourrissait une passion aussi riche de désirs que pauvre d'espérances, l'amour d'Olinde pour Sophronie, l'étudiant devint immobile à son tour. Il chercha son courage et ne le trouva plus. L'étrangeté de sa mission lui vint à l'esprit et la lui rendit formidable. Pour perdre une femme, il est des paroles banales, faciles à retenir et que tous les hommes savent de bonne heure; pour la sauver, le vocabulaire est plus stérile, car c'est là une œuvre peu en usage. Troublé par l'accueil décourageant dont il se voyait l'objet et qui semblait lui demander la raison de cette visite importune, Léopold balbutia quelques paroles sans suite, puis, s'accrochant à une inspiration soudaine, comme l'homme qui se noie à la corde qu'on lui jette, il tira de sa poche l'éventail qu'il avait pris chez son frère, et l'offrit en silence à madame d'Epernoz. A cette vue, la jeune femme tressaillit comme si on lui eût présenté un poignard; mais domptant aussitôt son émotion, elle fixa sur l'élève en droit un regard plein de pensées orageuses.

— Vous l'avez perdu au bal, dit Trélan, à qui une généreuse délicatesse inspira ce mensonge; je l'ai trouvé, madame, et je vous le rapporte.

Clémence prit l'éventail qu'elle avait oublié dans la main de Sordeuil, et l'ouvrant avec une affectation d'insouciance, qui lui coûta un effort surhumain:

— Je vous remercie, répondit-elle, mais il était assez inutile que vous prissiez cette peine : dans l'état où je le vois, il ne peut plus me servir.

— Il est brisé, reprit le jeune homme avec un triste sourire, brisé comme un cœur.

— Voilà un propos de lendemain de bal. Ces jours-là, on est toujours mélancolique. Moi-même je me sens maussade et souffrante. J'avais dit qu'on ne reçût personne.

A cette espèce de congé, Léopold rassembla toute son assurance.

— Un mot, de grâce, madame, répliqua-t-il; vous me renverrez ensuite; mais, je vous en conjure, écoutez-moi, et pardonnez à mon émotion l'inconvenance que vous trouverez peut-être dans mes paroles. Près de vous je me sens toujours troublé, maintenant plus que jamais. Cependant j'aurais si besoin de courage! Je donnerais ma vie pour ne pas vous déplaire, et je vais peut-être vous offenser.

— Alors je vous éviterai cette faute en ne vous écoutant pas, reprit madame d'Épernoz, empressée de se dérober à une conversation dont le sujet ne pouvait être qu'embarrassant pour elle.

— Vous craignez que je ne vous parle de mon amour, s'écria Trélan en s'exaltant à ses propres paroles, comme un soldat s'enivre à l'odeur de la poudre; rassurez-vous, madame, je ne vous dirai pas que je vous aime. Que vous importent mes rêves et mes souffrances? Je ne vous parlerai pas de moi, mais de vous, de vous seule, de vous pour qui je voudrais mourir.

Clémence s'approcha de la cheminée et porta la main au cordon de la sonnette, geste puéril auquel, de son côté, l'étudiant répondit par un geste d'écolier, en se jetant à genoux, car la jeunesse se plaît aux allures romanesques ainsi qu'aux poses dramatiques; à vingt ans, un séducteur est aussi prodigue de génuflexions qu'une vieille dévote, et le cordon de la sonnette paraît d'un merveilleux secours à l'imagination effarouchable d'une femme vertueuse.

— Sortez, monsieur, dit madame d'Épernoz, qui crut devoir corroborer de cette phrase de convention sa menaçante pantomime.

— Vous ne me comprenez pas, s'écria Léopold en étendant vers elle ses mains suppliantes. Je ne vous demande rien, madame, je ne vous dis pas : Aimez-moi! Votre cœur est un trône dont je suis indigne; mais un autre en est-il plus digne que moi? Peut-être le croyez-vous, et je dois vous détromper. Ne me regardez pas ainsi, vos yeux m'ôtent la force de parler.

— Expliquez-vous, répondit la jeune femme avec un mélange d'impatience et de confusion.

— Vous êtes si belle! continua l'amoureux de dix-huit ans d'une voix tremblante; tous ceux qui vous voient vous aiment. Eh bien! si, dans le nombre, il se trouvait un homme qui eût osé sortir de l'adoration silencieuse qu'on doit aux anges, ne l'écoutez pas, car ses paroles sont empoisonnées; son amour est un abîme tapissé de fleurs : ne vous baissez pas pour le cueillir, le pied vous glisserait et la mort est au fond.

Ignorant qu'en certain cas les femmes pardonnent plus volontiers une offense qu'un conseil, fort d'ailleurs de son intention héroïque, le jeune homme allait poursuivre sa harangue, dont l'emphase trahissait des habitudes rhétoriciennes non encore effacées par l'usage du monde; madame d'Épernoz l'arrêta court par un de ces sourires qui, si toutefois une comparaison anacréontique est permise aujourd'hui, sont aux lèvres d'une jolie femme ce qu'est l'épine à la rose.

— Je vous croyais élève en droit et non en théologie, dit-elle; mais votre attitude nuit à votre sermon. Un prédicateur ne se met pas à genoux; à défaut de chaire, prenez du moins ce fauteuil.

Navré de cette raillerie, Léopold se leva brusquement, et, repoussant le siège que lui présentait une ironique politesse :

— Au nom du ciel, reprit-il, ne me traitez pas ainsi. Un affreux danger vous menace; il s'agit de votre réputation, de votre bonheur, de votre vie peut-être.

Clémence contempla l'étudiant d'un air étonné.

— Le sermon se change en énigme, dit-elle. Je n'ai pas plus d'intelligence pour l'une que de goût pour l'autre.

Trélan hésita quelque temps, comme si un violent combat se fût livré dans son esprit; enfin, d'une voix entrecoupée :

— Est-il vrai, demanda-t-il, que vous aimiez monsieur de Sordeuil?

A cette question inouïe, madame d'Épernoz rougit et pâlit successivement; puis, se redressant avec une majesté de reine, elle foudroya l'étudiant d'un superbe regard et se dirigea vers la porte du salon. Au moment où elle l'ouvrait, son mari parut sur le seuil. Il y eut un instant de silence et d'immobilité. D'un regard scrutateur et défiant, d'Épernoz interrogea la figure et le maintien des deux autres personnages. L'émotion visible de Trélan, qui paraissait cloué sur le tapis, lui inspira des appréhensions que dissipèrent en partie la contenance courroucée et hautaine de Clémence. Se rangeant pour la laisser sortir, sans lui adresser ni en recevoir une seule parole, il referma la porte, s'avança d'un air sérieux vers le visiteur désappointé et lui fit subir de nouveau, de la tête aux pieds, un examen aussi minutieux que l'inspection à laquelle un sergent instructeur soumet une recrue. Tout à coup, un sourire aigre-doux desserra ses lèvres, et ses yeux restèrent fixés pendant un moment sur la jambe droite de Léopold.

— Monsieur Trélan, dit-il alors en accompagnant ses paroles d'un regard persifleur, vous êtes jeune, et je vais vous donner un conseil. Une autre fois, lorsque vous voudrez vous prosterner aux pieds d'une femme, ce qui, entre nous, est d'un goût un peu suranné, choisissez mieux votre place. Sachez qu'on ne se met jamais à genoux près d'une table à ouvrage; il en tombe toujours mille brinborions aussi traîtres que les bijoux indiscrets.

Machinalement, le jeune homme porta les yeux sur son genou, auquel s'étaient attachés plusieurs brins de laine de différentes couleurs, semblables à d'autres épars sur le tapis et à un ouvrage de femme posé sur la table. Cette vue achevant de le déconcerter, il resta la tête baissée au lieu de répondre. D'Épernoz s'approcha de la cheminée, chauffa les semelles de ses bottes l'une après l'autre, siffla un motif de Rossini, et reprit d'un ton de plus en plus provoquant :

— Il est trois heures; n'allez-vous pas à l'école aujourd'hui? Je vais précisément au faubourg Saint-Jacques; si vous voulez, je vous mettrai devant votre classe. Il ne faut pas vous faire donner un pensum.

La première surprise passée, un éclair traversa l'esprit de Léopold.

— Elle n'a pas voulu m'entendre, se dit-il, et si je n'ôte pas tout prétexte à la vengeance de mon frère, elle est perdue. Il n'est qu'un seul moyen de la sauver, c'est de tuer cet homme.

Relevant alors ses yeux, plus hardis à défier un adversaire qu'à supporter le regard d'une femme, il fit deux pas en avant, et d'une voix vibrante :

— Vous êtes un insolent! s'écria-t-il.

A son tour, d'Épernoz demeura interdit. Une pareille provocation, adressée par tout autre qu'un enfant de dix-huit ans, se fût attiré un prompt châtiment; mais, avec un inférieur, toute querelle est embarrassante, car la vanité ne peut qu'en souffrir. L'âge de l'élève en droit impliquait une de ces inégalités devant lesquelles, plutôt qu'en face d'un ennemi redoutable, recule le courroux d'un homme d'honneur. Par respect pour lui-même, le mari se contint, et, laissant tomber sur celui qui venait de l'insulter le regard de pitié qu'un lion pourrait jeter à un chevreuil belliqueux :

— Vos professeurs vous ont mal élevé, répondit-il ; si j'avais ici des verges, je réparerais leur négligence.

— De vous à moi, répliqua l'étudiant pâle de colère, il ne doit pas être question de verges, mais d'épées ! et cela quand vous voudrez !

— Vous mériteriez encore une férule pour ce propos, reprit d'Épernoz, dont le sang-froid railleur semblait s'accroître avec l'emportement de son interlocuteur. En vérité, votre éducation est tout-à-fait manquée. Apprenez, monsieur le bachelier, qu'on trompe un mari quand on peut, mais qu'on ne l'insulte jamais.

— Ce sont les lâches qui trompent ! Si tel est votre usage, il ne sera pas le mien !

D'Épernoz se mordit les lèvres comme un homme qui sent sa patience près de lui échapper. En remarquant ce symptôme, Trélan reprit d'un ton encore plus insultant :

— Je ne suis pas plus d'humeur à recevoir vos conseils qu'à supporter vos sottes plaisanteries sur mon âge ! Il y a trop longtemps qu'elles me fatiguent ! Je vous déclare que je m'en trouve offensé et que vous m'en rendrez raison !

— Cela sera plus facile que de vous rendre la raison, dit l'homme du monde en riant au nez de l'écolier.

— L'heure, le lieu et les armes ? demanda celui-ci d'un ton solennel.

— L'heure !... dès que vous aurez de la barbe ; le lieu...

— Si vous ne me répondez pas sérieusement, si vous ne fixez pas sur-le-champ une rencontre, je vous y forcerai malgré vous !

— Comment cela ?

— En vous insultant publiquement.

— Il est complétement fou, se dit le mari. La peste soit du lycéen ! Me battre avec lui, c'est me couvrir de ridicule. D'un autre côté, il commence à m'échauffer les oreilles.

— J'attends votre réponse, dit Léopold, immuable dans sa résolution. Si vous m'en croyez, nous terminerons cela aujourd'hui même. Il n'est que trois heures, et il n'y a pas fort loin d'ici au bois de Boulogne.

— Aujourd'hui, cela est impossible : j'ai pour ce soir un engagement auquel je ne veux pas manquer.

— Demain, alors ?

— Demain soit, et allez au diable jusque là, s'écria brusquement d'Épernoz, dont la patience était à bout. Demain matin, à neuf heures, derrière la Muette ; puisqu'il vous faut absolument une correction, je vous la donnerai malgré mon peu de goût pour le rôle de frère fouetteur.

Léopold prit son chapeau, et se couvrant d'un air grave :

— A demain ! répondit-il, et songez qu'un de nous ne doit pas rentrer vivant à Paris.

Cette phrase dramatique prononcée, il salua d'un léger signe de tête son futur adversaire, tout en le défiant du regard, et sortit du salon aussi fier que dut l'être David sur le point de combattre Goliath.

— Quel étrange original ! s'écria d'Épernoz resté seul. Je le trouve aux pieds de ma femme, et à cause de cela, il veut me tuer ! Je n'ai jamais été de cette force. Voilà un duel qui va me rendre la fable de tout Paris, quel qu'en soit le dénoûment. Vainqueur, je passerai pour un occiseur d'innocens ; vaincu... Parbleu ! ceci serait par trop ridicule. Sur mon âme, je donnerais mon meilleur cheval pour que ce blanc-bec eût dix ans de plus.

— Clémence ! je vais donc me battre pour toi, disait de son côté le jeune étudiant en regagnant son hôtel dans un état d'exaltation difficile à décrire. Si je tue cet homme, je t'aurai sauvé l'honneur ; si je meurs, tu m'accorderas peut-être une larme. Quoi qu'il arrive, j'aurai rempli mon devoir. *Fais ce que dois, advienne que pourra !*

VI.

Ce soir-là, entre onze heures et minuit, un homme s'introduisit dans la maison de madame d'Épernoz, par la porte du jardin dont le mur bordait la rue de Provence, à droite de la façade. Avec les voleurs et les architectes, les amans sont, sans contredit, les personnes qui se rendent le mieux compte de la distribution d'un logis. Le visiteur nocturne appartenait sans doute à l'une de ces trois classes, car, malgré l'obscurité, il se dirigea sans hésitation à travers les bosquets chargés de givre et sortit de ce labyrinthe en homme qui avait fait une étude approfondie des localités. L'appartement de madame d'Épernoz était au premier étage et communiquait avec le jardin par un escalier dérobé ; arrivé devant la porte de cet escalier, le mystérieux personnage tira une seconde clef de sa poche et essaya d'ouvrir ; un verrou rendit ses efforts inutiles. La contrariété que lui fit éprouver cet obstacle inattendu se trahit par plusieurs secousses imprimées à la porte, et dont la violence croissante eût fini par jeter l'alarme dans la maison, si un nouvel incident n'y eût mis fin.

Au premier bruit qu'au milieu du silence de la nuit distingua son oreille depuis longtemps attentive, madame d'Épernoz sortit de sa chambre d'un pas chancelant, et ouvrit la fenêtre de l'escalier dont l'obscurité la protégeait. Se penchant en dehors avec précaution, elle jeta au visiteur impatienté un geste énergique qui lui ordonnait de se retirer ; au lieu d'obéir, celui-ci calcula d'un regard rapide la distance qui le séparait de la fenêtre et les moyens d'y atteindre. De ce côté, la façade, que surmontait une terrasse à l'italienne, était garnie d'une treille, dont la vigne, effeuillée par l'hiver, laissait à jour les échelons perpendiculaires. Appelant à l'aide son adresse de marin, Sordeuil, car c'était lui, s'élança comme s'il eût gravi l'échelle du grand mât, et avant que Clémence fût sortie de la stupeur où l'avait jetée ce mouvement, il se trouva près d'elle.

— Vous me faites horreur ! s'écria la jeune femme en se jetant dans la chambre à coucher, mais pas assez promptement pour pouvoir en fermer la porte. George s'y précipita sur ses pas ; maître de la place, il resta immobile et silencieux, parcourant d'un œil sombre le théâtre où devait s'accomplir sa vengeance. Madame d'Épernoz s'était laissée tomber sur un fauteuil, muette de son côté, et haletante d'émotion.

— Personne ne vous a vu ? demanda-t-elle enfin d'une voix entrecoupée.

— Personne, répondit Sordeuil.

— Vous en êtes bien sûr ? tous les domestiques ne doivent pas être couchés.

— Personne, vous dis-je.

— Vous allez partir ; je vous ouvrirai la porte de l'escalier, reprit-elle après un instant de silence ; vous m'obéirez, n'est-ce pas ?

— J'obéis à votre lettre, dit George d'un ton froid.

— Avais-je ma tête en l'écrivant ? N'auriez-vous pas dû comprendre le sentiment qui l'a dictée ?

— La vengeance, je le sais, et non point l'amour, répondit Sordeuil.

Ce doute et la manière ironique dont il fut exprimé allèrent plus avant dans le cœur de la jeune femme que ne l'eussent fait en ce moment les paroles les plus tendres, les protestations les plus ardentes. Levant sur son amant un long regard plein de reproches, elle le contempla quelque temps en silence. La contrainte qu'elle remarqua dans son attitude, l'agitation contenue qui lui parut avoir altéré ses traits, une foule d'autres symptômes attribués par elle à la passion dont elle se croyait l'objet, firent tomber pièce à pièce l'armure sévère dont l'avait couverte une dernière réaction de vertu. Soumise à l'instinct d'un sexe fort habile à résister en face d'une agression puissante, mais parfois, lorsqu'on ne l'attaque pas, tenté de se moins bien défendre, elle accorda au sourire amer de George ce qu'elle eût refusé peut-être à ses prières et à ses larmes.

— Ingrat, dit-elle, que vous ai-je fait pour mériter des paroles si cruelles ? Je veux que vous emportiez d'ici un remords de les avoir prononcées.

Prenant alors dans son secrétaire un coffret d'ébène, ell
l'ouvrit, en tira un médaillon et le lui offrit.

— Votre portrait! s'écria George.

— Maintenant, croirez-vous? demanda-t-elle en accompagnant ces paroles d'un sourire qui doublait le prix du présent.

Avant de répondre, Sordeuil contempla long-temps l'image
qu'il avait sous les yeux, mais sans manifester aucun des
transports qu'eût fait éclater un amant véritable. Laissant enfin tomber sa main par un geste morne, il leva sur Clémence
un regard plein de tristesse.

— M'aimez-vous? demanda-t-il.

— C'est à vous de me dire si vous m'aimez, répondit-elle
avec un bouderie enfantine; vous ne songez pas seulement à
me remercier. Qu'avez-vous donc aujourd'hui? Votre air est
sombre, votre voix émue. Vous est-il arrivé quelque chose?

— Non.

— Alors, pourquoi ne me dites-vous rien? Ne sentez-vous
pas que j'ai besoin de vous entendre, qu'il faut me dire des
paroles douces et tendres qui chassent la fièvre à laquelle je
suis en proie depuis hier.

— Caprice de femme, répondit George; hier encore, lorsque je vous adressais ces paroles de tendresse que vous
me demandez aujourd'hui, ne m'avez-vous pas imposé silence?

— Caprice, dites-vous; oh non! mais besoin de mon cœur.

— Madame Javerval m'ôte le droit de m'enorgueillir d'un
pareil aveu, reprit le mari de Blanche en redoublant d'ironie
pour s'endurcir contre une émotion involontaire.

— Vous doutez de mon amour, et c'est là ce qui répand
un nuage sur votre front, répondit Clémence, entraînée par
l'ardeur italienne qu'elle avait héritée de sa mère; peut-être
vous ai-je donné le droit d'être incrédule, en vous avouant
trop tard ma faiblesse. Mais qu'était-il besoin de paroles?
N'aviez-vous pas deviné mes yeux lorsque ma bouche était
encore muette? Maintenant, j'ai perdu jusqu'à la force de me
taire. Cette passion dont vous m'avez poursuivie sans relâche,
à la fin s'est imprimée dans mon âme; elle est devenue à la
fois mon bonheur et mon supplice. Toute ma vie est là. Le
reste n'est plus pour moi qu'un rêve insipide ou odieux, et
je m'y livre sans lutter davantage, le sort le plus affreux dût-il
en être le terme.

En face de cet amour abandonné, Sordeuil éprouva le sentiment poignant qu'inspirèrent à Tyrrel les enfans d'Edouard,
doucement endormis en attendant la mort.

— Le sort le plus affreux, répéta-t-il d'une voix altérée;
oui, c'est souvent ainsi que cela finit.

— Pourquoi ce pressentiment? reprit madame d'Épernoz
avec énergie, car la faiblesse apparente des hommes inspire
toujours aux femmes un redoublement de courage; — que
craignez-vous? Si quelque infortune plane sur nous, c'est moi
seule qu'elle doit atteindre. Vous n'avez risqué en m'aimant
ni votre avenir ni votre honneur.

— Mon honneur!... peut-être! s'écria George, dont la gé-
nérosité naturelle, peu à peu réveillée, dissipait l'enivrement
d'une vengeance sauvage.

— Ne blasphémez pas, reprit la jeune femme, et d'un geste
doucement impérieux elle lui imposa silence. Devant le regard plein d'amour qui cherchait le sien, Sordeuil baissa les
yeux.

— Assassiner une femme! se dit-il. Puis, relevant brusquement la tête:

— Clémence, reprit-il, si je vous avais trompée?

— Trompée! dit-elle en le regardant sans le comprendre.

— Si je ne vous aimais pas?

Madame d'Épernoz ne répondit que par un orgueilleux
sourire qui attestait la perfection avec laquelle le faux amant
avait joué son rôle jusqu'à ce jour.

— Si je voulais vous perdre? continua celui-ci avec une
sinistre énergie; si j'avais médité votre déshonneur, votre
mort, peut-être?

Clémence sourit de nouveau; mais cette fois ce fut avec
la finesse railleuse d'un enfant soumis à une épreuve dont il
n'est pas la dupe. Joignant les mains et ployant un genou,

tandis que son charmant visage affectait la résignation d'un
martyr :

— Me voici prête, dit-elle, tuez-moi !

— C'est la vie et non la mort qui est dans ces paroles, lui
dit George avec une émotion extrême... Puis, après avoir
écouté un instant : N'entendez-vous pas du bruit? demanda-t-il.

Madame d'Épernoz se redressa.

— On ouvre la porte du salon, dit-elle, tout à coup frappée
de terreur.

— C'est votre mari.

— Mon mari! je suis perdue, répondit la jeune femme
foudroyée.

George lui prit la main, et l'étreignant fortement dans la
sienne :

— Enfant, dit-il tout bas, ne crains rien; ton amour t'a
sauvée.

S'élançant ensuite d'un pas léger comme celui d'une ombre,
il sortit de la chambre à coucher dont il referma la porte
sans bruit, descendit par la fenêtre de l'escalier, aussi rapidement qu'il y était monté, et disparut un instant après à
travers les arbres du jardin,

VII.

— Léopold a raison, se dit George en rentrant chez lui;
pour tuer une femme qu'on n'aime pas, il faut le courage
d'un lâche, et celui-là me manque.

Il passa le reste de la nuit à mettre ordre à ses affaires,
écrivit une lettre pour son frère, y renferma son testament,
et joignit à ce paquet le portrait de Clémence.

— Si je meurs, il le lui rendra, pensa-t-il.

Calmé par cette généreuse résolution, il dormit plusieurs
heures d'un sommeil paisible qu'il n'avait pas goûté depuis
dix mois. La matinée était avancée lorsqu'il se leva; sa première pensée fut d'ouvrir la fenêtre de sa chambre. Le ciel
était pur, l'air vif et piquant; les arbres de l'avenue des
Champs-Élysées, chargés d'une neige cristallisée sur laquelle
s'épanouissaient les rayons sans chaleur du soleil de jan-
vier, s'allongeaient à droite et à gauche, semblables aux files
immobiles d'une procession de fantômes gigantesques.

— Un beau jour pour se battre, se dit George; mais la
terre sera froide pour celui qui mourra.

En ce moment un fiacre, qui venait fort lentement de la
barrière de l'Étoile, s'arrêta devant la maison. Un homme en
descendit aussitôt et traversa la contre-allée d'un pas rapide.
A sa vue, Sordeuil ne put retenir une exclamation de joie.

— D'Épernoz! s'écria-t-il; le ciel est juste, puisqu'il me
l'envoie. Et il se précipita au devant de lui, plus empressé
qu'un père qui, après dix ans d'absence, retrouve son enfant.
Les deux hommes se rencontrèrent sur l'escalier.

— Je viens vous demander un service, dit d'Épernoz, dont
les vêtemens paraissaient en désordre tandis que sa figure
portait les traces d'une vive agitation.

— J'ai aussi quelque chose à vous demander, répondit
George en le dévorant du regard.

— Tout ce que vous voudrez; mais écoutez-moi d'abord. Je
viens de me battre.

— Vous battre! s'écria le mari de Blanche d'une voix ton-
nante; vous battre! mais vous n'êtes pas blessé, j'espère?

Avec une sanguinaire sollicitude, il ouvrit la redingote de
celui qu'il regardait comme sa proie légitime, et frissonna de
fureur à la vue de quelques gouttes de sang dont le gilet était
tacheté.

— Merci de votre intérêt, répondit d'Épernoz; non, je ne
suis pas blessé; c'est le sang de mon adversaire que vous voyez
là. Il est en bas dans un fiacre. Le mouvement de la voiture
lui a fait perdre connaissance, et, comme il y aurait du danger
à le transporter jusqu'à la rue Saint-Jacques, j'ai pensé que
vous voudriez bien le recevoir chez vous.

— La rue Saint-Jacques !

— Oui, c'est là qu'il demeure; c'est ce petit jeune homme
dont je vous parlais hier, Léopold Trélan.

— Mon frère! s'écria George qui jeta ce cri comme rugit un

lion. Attendez-moi là ; dans un moment je suis à vous.

Sans laisser à d'Épernoz le temps de sortir de la stupeur où l'avait plongé cette foudroyante révélation, il le poussa violemment dans l'appartement et l'y enferma. Il se précipita ensuite dans l'escalier et courut jusqu'au fiacre dont il ouvrit la portière d'une main tremblante. Sur la banquette du fond, Léopold était couché à demi, soutenu par l'étudiant qui lui avait servi de témoin ; le manteau dont il était enveloppé ne laissait apercevoir qu'une figure pâle dont les yeux, quoique fermés, révélaient, par la tension douloureuse des paupières, une muette et cruelle souffrance. Sur le devant de la voiture, M. Javerval, plus pâle encore que le blessé, se tenait immobile, une boîte à pistolets sur les genoux et une paire d'épées entre les jambes.

— Ah ! monsieur de Sordeuil, quel malheur ! dit le gros banquier en jetant un regard de compassion sur l'étudiant évanoui : un enfant de dix-huit ans !

Sans répondre, George, aidé de l'autre témoin, enleva son frère du fiacre, le transporta chez lui, et le coucha dans son lit. La fermeté du marin, familiarisé de bonne heure avec les scènes de sang, domina les émotions de la tendresse fraternelle. Tous les soins que réclamait l'état de Léopold lui furent prodigués avant tout. Un médecin, appelé aussitôt, posa sur la plaie le premier appareil, déclara que la blessure, quoique grave, n'était pas mortelle, et qu'il répondait de la vie du blessé. En entendant cet arrêt, Sordeuil respira fortement, et retenant par le bras le médecin près de sortir :

— Un moment, monsieur, lui dit-il, nous aurons encore besoin de votre ministère.

Revenu de sa première surprise, d'Épernoz avait appelé à son aide l'audace habituelle de son caractère ; négligemment assis dans un fauteuil, tandis que tous les autres acteurs de cette scène s'empressaient autour de Léopold, il affectait la pose d'un homme qui s'attend à tout et ne craint rien. En voyant s'avancer vers lui le frère de celui qu'il venait de blesser, il se leva d'un air calme. La contenance de George fut également froide et grave comme il convient à un homme prêt à jouer sa vie contre celle d'un mortel ennemi.

— Je suis le frère de Léopold et le mari de Blanche, dit-il d'une voix basse et ferme, me comprenez-vous ?

— Parfaitement, répondit d'Épernoz en souriant avec ironie ; je suis à vos ordres.

George revint sur ses pas, et s'adressant à l'étudiant en droit assis auprès du lit où son ami restait couché sans connaissance.

— Vous avez servi de témoin à M. Trélan, lui dit-il, voudrez-vous bien me faire le même honneur ?

— Et vous, mon cher Javerval, dit à son tour d'Épernoz, il faut vous résigner à laisser refroidir votre déjeuner.

— Encore un duel ! s'écria le gros banquier en devenant verdâtre de blafard qu'il était.

— Restez près du blessé, dit George au médecin, nous vous appellerons lorsqu'il en sera temps. — Et d'un ton aussi calme que l'est celui d'un maître de maison faisant les honneurs de chez lui,

— Messieurs, dit-il, passons au salon

Les observations de M. Javerval et celles du jeune étudiant furent arrêtées par une brève parole de d'Épernoz.

— Il n'est ni explication ni arrangement possible, leur dit-il ; c'est un duel à mort ! Autant vaut rester ici que retourner au bois.

Pendant ce temps, Sordeuil avait rangé lui-même les meubles qui eussent pu gêner le combat. Le salon prêt comme pour un bal, il y fit entrer son adversaire. Tous deux ôtèrent leurs habits et prirent les épées, entre lesquelles George choisit celle dont son frère s'était servi. Les témoins restèrent debout aux deux portes de la chambre, ce champ-clos improvisé se trouvant trop petit pour les admettre sans danger pour eux.

Le combat fut court, mais terrible ; à la quatrième passe, d'Épernoz, malgré son adresse, reçut un coup furieux, qui le perça de part en part, et l'étendit sur le parquet. Au bruit que fit son corps en tombant, le médecin quitta le chevet de Léopold et accourut. Après avoir inspecté la plaie et suivi la direction de l'épée, il leva les yeux vers les témoins, mais sans exprimer son opinion à haute voix. A la vue du léger frémissement d'épaules qui accompagna cette muette et sinistre déclaration, d'Épernoz fit un effort, et se souleva en s'appuyant sur le tapis.

— Blessé à mort, n'est-ce pas ? dit-il d'une voix assez ferme, le coup a traversé les poumons, et avant un quart d'heure je serai étouffé ; j'espère que le lycéen aura meilleure chance que moi.

— Non, mon cher ami, vous ne mourrez pas, lui dit le banquier en se baissant pour le soutenir, tandis qu'il essuyait deux larmes qui coulaient le long de sa large figure effarée.

— C'est vous, Javerval ? reprit le blessé, dont la voix sifflante annonçait l'épanchement intérieur du sang, — je vous aurai fait déjeuner bien tard ; je vous en demande pardon. Ah ! vous avez mis aujourd'hui votre émeraude ! madame Javerval sera ce soir aux Français ; ayez la bonté de lui expliquer la raison qui m'empêchera d'y aller ; vous êtes témoin qu'il y a impossibilité absolue, et que je n'y mets pas de mauvaise volonté.

— Je n'y manquerai pas, répondit le gros banquier, trop attendri pour chercher à comprendre ce qu'on lui disait.

D'Épernoz garda le silence pour reprendre sa respiration, de plus en plus pénible ; promenant ensuite tout autour de lui un regard à demi fermé qu'il arrêta sur George, et se drapant, pour mourir, dans la fatuité des gladiateurs de Rome :

— Quant à vous, monsieur de Sordeuil, dit-il, ou bien monsieur Trélan, si vous le préférez, je ne peux pas vous charger de mes commissions pour Blanche ; c'est à moi de prendre les vôtres au contraire, puisqu'il paraît que la farce est jouée, comme disait je ne sais quel empereur.

A ce dernier outrage que lui jetait cette agonie de roué, George s'élança vers la table où il avait enfermé son testament, déchira le papier qui enveloppait le portrait de Clémence, et venant s'agenouiller à côté du mourant, lui mit le médaillon sous les yeux. Cette vision produisit l'effet d'un choc électrique. Un dernier éclair étincela dans les yeux de d'Épernoz, qui, se tordant comme un serpent blessé, voulut s'élancer sur son ennemi ; mais la vie l'abandonna dans cet effort suprême, et il retomba sur le parquet pour ne plus se relever. George était vengé !

FIN DE LA PEINE DU TALION.

En Vente, chez MICHEL LÉVY FRÈRES, Libraires-Éditeurs.

LE
THÉATRE CONTEMPORAIN ILLUSTRÉ

CHOIX DES PRINCIPALES PIÈCES DE

MM. ALEXANDRE DUMAS, BALZAC, EUGÈNE SUE, SCRIBE, FRÉDÉRIC SOULIÉ, JULES SANDEAU, BAYARD, LOCKROY, DUMANOIR, ANICET-BOURGEOIS, LÉON GOZLAN, MARC-FOURNIER, MÉLESVILLE, DUVERT et LAUZANNE, DENNERY, PAUL FÉVAL, FÉLIX PYAT, BOUCHARDY, LABICHE et MARC MICHEL, ROSIER, MICHEL MASSON, MÉRY, DE SAINT-GEORGES, JULES DE PRÉMARAY, HENRY MURGER, AUGUSTE MAQUET, EMILE SOUVESTRE, FERDINAND DUGUÉ, COGNIARD FRÈRES, AMÉDÉE ACHARD, LÉON GUILLARD, TH. BARRIÈRE, A. DECOURCELLE, MICHEL CARRÉ, JULES BARBIER, CHARLES DESNOYER, ALPHONSE ROYER, GUSTAVE VAEZ, A. LEFRANC, DELACOUR, ETC., ETC.

20 Centimes la Livraison. — Il en paraît une ou deux par Semaine

CHAQUE PIÈCE 20 CENTIMES
CHAQUE SÉRIE BROCHÉE SE COMPOSANT DE 5 PIÈCES, 1 FRANC.

PIÈCES EN VENTE :

Première Série. — Prix : 1 franc.

Le Chiffonnier de Paris, drame en 5 actes, de Félix Pyat.	20 c.
La Closerie des Genêts, drame en 5 actes, de Frédéric Soulié.	} 40
Une Tempête dans un verre d'eau, comédie en 1 acte de Léon Gozlan.	
Le Morne au Diable, drame en 5 actes d'Eugène Sue.	} 40
Pas de Fumée sans Feu, comédie-vaudeville en 1 acte, de Bayard.	

Deuxième Série. — Prix : 1 franc.

Trois Rois, trois Dames, comédie-vaudeville en 3 actes, de Léon Gozlan.	20 c.
La Marâtre, drame en 5 actes, de Balzac.	} 40
La Ferme de Primerose, comédie-vaud. en 1 acte, de Cormon et Dutertre.	
Le Chevalier de Maison-Rouge, drame en 5 actes, d'A. Dumas et Maquet.	} 40
L'Habit vert, comédie en 1 acte, d'Alfred de Musset et Emile Augier.	

Troisième Série. — Prix : 1 franc.

Benvenuto Cellini, drame en 5 actes, de Paul Meurice.	} 40 c.
Frisette, comédie-vaudeville en 1 acte, de Labiche et Lefranc.	
Clarisse Harlowe, drame en 3 actes, de Dumanoir et Guillard.	20
La Reine Margot, drame en 5 actes, d'Alexandre Dumas et A. Maquet.	} 40
Jean le Postillon, vaudeville en 1 acte, de Carmouche et Paul Vermond.	

Quatrième Série. — Prix : 1 franc.

La Foi, l'Espérance et la Charité, drame en 5 actes, de Rosier.	} 40 c.
Le Bal du Prisonnier, com.-vaud. en 1 acte, de Guillard et Decourcelle.	
Hamlet, drame en 5 actes, d'Alexandre Dumas et Paul Meurice.	} 40
Le Lait d'ânesse, comédie-vaudeville en 1 acte, de Gabriel et Dupeuty.	
Hortense de Blengie, drame en 3 actes, de Frédéric Soulié.	20

Cinquième Série. — Prix : 1 franc.

Le Fils du Diable, drame en 5 actes, de Paul Féval et Saint-Yves.	} 40 c.
Une Dent sous Louis XV, vaudeville en 1 acte, de Labiche et Lefranc.	
Le Livre noir, drame en 5 actes, de Léon Gozlan.	} 40
Midi à quatorze heures, comédie-vaudeville en 1 acte de Th. Barrière.	
La Petite Fadette, pièce en 2 actes, d'après Georges Sand.	20

LE MUSÉE LITTÉRAIRE DU SIÈCLE

Choix des meilleurs ouvrages de MM. de LAMARTINE, Alexandre DUMAS, de BALZAC, Jules JANIN, Eugène SUE, Emile de GIRARDIN, Charles de BERNARD, Frédéric SOULIÉ, Jules SANDEAU, MÉRY, Alphonse KARR, Léon GOZLAN, Félix PYAT, Emile SOUVESTRE, SCRIBE, Paul FÉVAL, Louis DESNOYERS, Emmanuel GONZALÈS, Marc FOURNIER, SAINTINE, Michel MASSON, Emile MARCO DE SAINT-HILAIRE, etc., etc.

Il paraît deux Livraisons par semaine ou une Série tous les quinze jours.

20 centimes la livraison composée de 24 pages.

EN VENTE, OUVRAGES COMPLETS :

ALEXANDRE DUMAS

Les Trois Mousquetaires.	1 vol.	Prix :	1	50
Vingt ans après.	—	—	2	»
Le Vicomte de Bragelonne	—	—	4	50
Le Chevalier de Maison-Rouge.	—	—	1	10
Le Comte de Monte-Cristo	—	—	3	60
La Reine Margot.	—	—	1	50
Ascanio.	—	—	1	30
La Dame de Monsoreau	—	—	2	20
Amaury	—	—	»	90
Les Frères corses	—	—	»	50
Les Quarante-cinq.	—	—	2	20
Les deux Diane.	—	—	2	»

LÉON GOZLAN

Les Nuits du Père-Lachaise.	—	—	1	10

PAUL FEVAL

Les Mystères de Londres.	—	—	3	»
Les Amours de Paris	—	—	1	75

ALPHONSE KARR

Sous les Tilleuls.	—	—	»	90

FRÉDÉRIC SOULIÉ

Saturnin Fichet.	—	—	2	»

EUGÈNE SUE

Les Sept Péchés capitaux.	1 vol.	Prix :	5	»
Chaque ouvrage se vend séparément.				
L'Orgueil.	—	—	1	50
L'Envie.	—	—	»	90
La Colère.	—	—	»	70
La Luxure.	—	—	»	70
La Paresse.	—	—	»	50
L'Avarice.	—	—	»	50
La Gourmandise.	—	—	»	50
Les Enfants de l'Amour	—	—	»	90
La Bonne Aventure.	—	—	1	50
L'institutrice.	—	—	»	90

MÉRY.

Héva.	—	—	»	50
La Floride.	—	—	»	70
La Guerre du Nizam.	—	—	1	»

CHARLES DE BERNARD

La Femme de 40 ans	—	—	»	30
Un Acte de Vertu et la Peine du Talion.	—	—	»	50
L'Anneau d'argent.	—	—	»	30

EUGÈNE SCRIBE

Carlo Broschi.	—	—	»	50
La Maîtresse anonyme.	—	—	»	30
Judith ou la loge d'opéra.	—	—	»	30
Proverbes.	—	—	»	70

Paris. — Typographie de Mᵐᵉ Vᵉ Dondey-Dupré, rue Saint-Louis, 46, au Marais.

www.ingramcontent.com/pod-product-compliance
Lightning Source LLC
LaVergne TN
LVHW012319050726
842524LV00004B/1495